独行天下
旅行文学系列

大美草原

内蒙古大草原自驾行

陈冬雷 著

测绘出版社

© 陈冬雷 2015
所有权利（含信息网络传播权）保留，未经许可，不得以任何方式使用。

图书在版编目(CIP)数据

大美草原：内蒙古大草原自驾行 / 陈冬雷著． －－ 北京：测绘出版社，2015.1
ISBN 978-7-5030-3599-9

Ⅰ．①大… Ⅱ．①陈… Ⅲ．①旅游指南－内蒙古
Ⅳ．① K928.926

中国版本图书馆 CIP 数据核字 (2014) 第 275529 号

策　　划：赵　强
责任编辑：赵　强
执行编辑：徐以达
责任印制：陈　超
美术设计：知行兆远

出版发行	测绘出版社	电　话	010-83543956(发行部)	
地　址	北京市西城区三里河路 50 号		010-68531609(门市部)	
邮政编码	100045		010-68531363(编辑部)	
电子信箱	smp@sinomaps.com	网　址	www.chinasmp.com	
印　刷	北京新华印刷有限公司	经　销	各地新华书店	
成品规格	170mm×230mm	印　张	15.5	
字　数	150 千字	版　次	2015 年 1 月第 1 版	
印　次	2015 年 1 月第 1 次印刷	定　价	42.00 元	
书　号	ISBN 978-7-5030-3599-9			

本书如有印装质量问题，请与我社门市部联系调换。

前言
Preface

我把处女驾献给了草原

中国的西部盛产高山峡谷，北部则盛产广袤草原，仅内蒙古一地，自东向西即排列着呼伦贝尔草原、科尔沁草原、锡林郭勒草原、乌兰察布草原、鄂尔多斯半荒漠草原和阿拉善荒漠草原。

一直向往亲近草原，因为它逸目、怡情、颐神。心中的草原是天神撒的翠玉，是天女撒的琼花，是秋姑娘的艳丽裙装，是白雪公主的拟人童话，是偶然还俗的瑶池仙景，是遗落人间的伊甸乐园。

草原的美不仅辽阔大气，而且带给人旺盛的静谧和茁壮的活力。

曾经几度踏足草原，但却没有想到，我的长途自驾处女游奉献给了辽阔无垠的内蒙古大草原，奉献给了内蒙古最有名的三大草原：锡林郭勒、呼伦贝尔、科尔沁。

喜欢旅行的人都懂得，无论去哪里，不管欣赏何种风景，都有个季节选择。尤其是自然风光，季节选择更为讲究，不然，花了钱劳了神却留遗憾，实在不划算。游走草原的最佳季节，当然是草旺花盛之际。不错，由于纬度和地理因素，不同地区的草原最佳游览时间也有差异。比如，新疆的那拉提草原最美应是六月，四川的若尔盖草原七月最好，而内蒙的几大草原也应选在七月中下旬。这个时段去，不管走到哪儿，都会惊喜连连，引发无限惊叹。

如果不信，咱们就从北京出发，去内蒙古草原看看。

其实，我起初是打算骑自行车独游呼伦贝尔草原的。我把起点选在乌兰浩特市，途经阿尔山、新巴尔虎左旗、新巴尔虎右旗到满洲里，然后沿额尔古纳河东岸的国境公路经黑山头到俄罗斯民族乡室韦和临江屯，沐浴莫尔道嘎原始森林的深邃之后，经额尔古纳市到海拉尔。我准备了详细的骑行攻略，计划用12至15天的时间骑完全程。根据计划，骑行装备一件件购置。当初不大愿意一同骑行的女儿也欣然应允，更令我的计划实施得风生水起，顺顺利利。不料，这个打算被妹妹知道后，她极力反对，理由是时值盛夏，草原上烈日当头无遮无挡，我这个男人尚可，把妻子女儿置于日晒雨淋、风吹虫叮的大自然中未免残忍，而且极度担心她们二人的体力是否能坚持始终。妹妹建议开车自驾，况且她早有一家人开车从北京出发游历草原的打算，如果两家人一路同行，堪称绝佳。

几番说劝，我确实舍不得完全放弃骑行，特别是额尔古纳河东岸国境公路一线，可谓风光绝美，但因为至今不能通行汽车，最佳游览方式首推骑行。至于其他景色，我两年前曾经走过一遍，唯有这条风景一流的线路不曾涉足，如今选择自驾，遗憾又要继续折磨身心，因而决心难下。好在妻子女儿随我的主意，没有更多压力的前提下，慎重衡量再定夺，便一边继续准备骑行装备，一边与妹妹商量自驾游的可行性和路线安排。

说实在的，我对自驾有所犹豫，有个无法回避的因素：我和妹妹都是驾车的新手。我拿到驾照两年，驾车经验累积不过一年，行驶距离不过一万公里。驾车跑得最远的一次是从合肥回家乡砀山，而且是第一次跑长途，第一次在高速公路上跑长途。除此之外，基本没有了长途驾车经验。我妹妹考取驾照和驾车时间与我相差无几，有限的长途经验是在北京购车后勇敢地驾车走高速回到合肥，而后暑假再驾车从合肥去北京。在有经验的老司机看来，我们俩人的长途处女作都可以归于无知的傻大胆。所谓无知者无畏，或初生牛犊不畏虎，莫过于此也！更何况，作为新手，我们俩人都不懂得汽车原理，哪怕最简单的换轮胎也不曾做过，假如车辆半途凑趣闹病，肯定束手无策，望野兴叹。

然而，妹妹的态度颇为坚决，说她的朋友去年同一时间曾走过同一线路，一路尽是良好的柏油路面，而且妹妹的车又是刚买的新车，加上我们人品良好，不要说神灵，连鬼都会保佑我们的。

　　但不管怎么说，这些都劝服不了我。出外旅行，享受无限风光是终极的目标，哪种出游方式最能达此目标，才是决定因素。从效率上讲，自驾较为理想；从深度上说，骑行应为最佳。而这次我念念于心的，是尚且不能通汽车的额尔古纳河东岸。当然，如果照顾妻子和女儿，选择自驾合理合情，毕竟这样可以多看一些景点，毕竟她们都是第一次去草原，我的额尔古纳河右岸还可以另择时间。更何况妹妹一家同行，一路亲情一路风光，该是多么温馨的圆满。

　　一切停当，却又生变故。妹妹临时有事，无法出行，而时间不等人，草原最美的季节不容错失，否则更添遗憾。无奈之下，妹妹一家决定舍弃草原之旅，将汽车让与我们一家三口。

　　匆匆复匆匆。没有时间完善装备，我的知识和自信足以应付路途上的吃住行。只有一辆车的独行最让人担心，这样反而正中我下怀。自由随意的流浪是我追求的旅行，精力支撑的责任是我贴心的宝贝，虔诚祈祷的运气是我收藏的福利。处女游的疯狂可能赢得甜蜜和幸福，成熟的谨慎或许落得无趣和迷茫。携带兴奋与好奇，一路走一路收割幸福和惊喜。我们第一天就跑了将近一千公里，数天的全部行程平平安安、顺顺利利。一家人的草原行成就了三个人的伊甸园，不仅功德圆满，而且回味无穷。

　　不记得在哪里看到过这样一句话：去旅行，一个人走，是精彩；两个人走，是浪漫；三个人走，是幸福；全家游，是真心满足。我们全家三个人一起走，是幸福的真心满足。

　　闷热的北京，催促我们驶向清爽的草原。

——陈冬雷

2014 年 11 月 20 日

Contents
目录

前言 / 03
第一章 走西口 / 2
第二章 草原雨 / 12
第三章 羊马欢 / 25
第四章 草原鼠 / 38
第五章 边关长 / 47
第六章 阿尔山 / 57
第七章 火山湖 / 66
第八章 甘珠尔庙 / 75
第九章 呼伦湖 / 86
第十章 满洲里 / 96
第十一章 人造景 / 106
第十二章 地剥皮 / 116
第十三章 湿地魂 / 128
第十四章 白桦林 / 140
第十五章 界河村 / 152
第十六章 临江屯 / 164
第十七章 云洗天 / 177
第十八章 草牧山 / 187
第十九章 红色城 / 196
第二十章 幻化景 / 206
第二十一章 醉秋风 / 216
第二十二章 五彩山 / 226
附录一 / 236
附录二 / 239
附录三 / 241

第一章 走西口

凌晨六点的北京天已大亮，但街面上还安静着，仿佛刚刚睡醒仍眼眉迷离的贵妇，回味着适才散淡的梦境，未及伸个舒畅的懒腰。

我们一家三口正是考虑到车少人少好出城，才起了个大早赶路。行李昨夜已收拾停当，一股脑儿塞进车里，出宾馆在旁边的小吃店买了包子、油饼、鸡蛋等早点，踩着油门直奔最近的三环路。如果不是车速限制，真能信马由缰任我飞驰。不料，过五环后，路上的车辆急剧多起来，但尚能保持一定的速度。过昌平之后，出现了偶尔的堵车，万幸尚可蠕动而行。再往前走，塞车渐渐成为常态，个别路段往往要等上十几分钟才能重新启动。

急躁是没有用的，争取尽量前行才是上策。我右打方向盘，跟着别人将车开上应急车道，小心翼翼地超过一辆辆要么蠕动要么停滞的车辆。说实话，这不是我的独创，我是跟着别人的"创意"开过去的，最多算个"从犯"，说狠点也就是个推波助澜者。只要有始作俑者，就有跟从仿效者，国人从众找巧、得便宜、显能耐，诸种心态化作实际行动，在这时候表现得淋漓尽致。我在内心里指责自己，甚而厌嫌鄙视，但手和脚习惯了随波逐流。随波得心安理得，逐流得心旷神怡。我担心这时候一旦有救援等应急车辆驶来，神仙也无能为力、寸步难行。欲速则不达，很快，应急车道上塞满了车辆，跟主行车道一样再也无法前行。

这就是社会现实，这就是从众心理，这就是国民素质，这就是罚不责众。

心硌得疼痛，疼得几乎麻木。

又往前挪动了一段，看到靠右的行车道上两辆车子亲密接触，前车的屁股被后车挤出一个凹坑。事故不大，却把整条公路的行车安全影响了，难怪一直是走走停停的，原来是这一处交通事故惹的祸。超过去，心里猛然轻松许多，以为前途一派光明，大可畅通无阻了。确实，很畅意地跑了十几公里，不料车速又陡然降下来，重新开始蠕动，比刚才好些的是，不至于堵塞不动。我故伎重演，再将车子开上应急车道，跟着更多不守规矩的驾驶者提高着速度。

前头不远就是居庸关长城，一路过去，仿佛大部分车辆都是出来游览长城的，毕竟今天是周末。这样想来，一旦过居庸关长城，车辆定会减少，又可以尽情驰骋了。但这时女儿说，这几天看新闻，内蒙古经河北到北京的高速公路严重堵车，有时一两天都走不了几公里，我们这次别碰上。此言一出，倒把我吓住了，刚刚还在感叹

残长城

北京人周末出游怎么都赶这么早,以至于整条高速公路几乎成了停车场,想想如果真不幸遇上大堵车,不仅是出师不利,更是万分痛苦。再想想,心中释然,新闻报道的大堵车是指河北进北京的方向,我们是出北京,该不会遭遇意想不到的堵车吧。尽管心里轻松些了,仍默默地祈祷,但愿事如所盼。

不出所料,越临近长城,路边大大小小的停车场全都爆满,个

草原辽阔

金山岭长城

别路段的应急车道上也泊着下客的车辆。抬头望,长城上黑压压、密麻麻地挤满了游人,如高速路上的汽车一样缓缓蠕动。时间才早晨七点多,居庸关长城上已塞满了游人,我很难想象他们是什么时间从城里出发的,难道夜半时分就已启程?这又让我想起两年前去金山岭长城,一群新加坡游客搭帐篷、裹睡袋露营长城之上,他们是为了早晨看长城日出,感受夜晚长城的星空,他们是真正的旅人。

可是,今天居庸关上这般人流相涌,绝不可能都是露营的游客。因而,只有一种可能,无论是散客还是旅行团,他们都清楚白天居庸关长城的人满为患,也许有一部分人是赶去看日出,才毅然选择了早动身,早登长城。百人千人万人同想,于是出现了高速路的大塞车和长城上的人头攒动。我真的替后来者担心。这般的人流,如何再承载更多的游客。这般登上长城,如何能体味长城的雄奇恢宏?眼前尽是人流,长城仅青砖可见,恢宏的大气势被壅滞的人群吞噬了。

时下的中国,这般的景象越来越司空见惯。国庆长假里的皇城故宫、黄山、泰山、华山、江南古镇、丽江古城……甚至川西北大山里的九寨沟，稍有名气的景点哪里不是人满为患。多少个长假里，我都是心惊胆怯地坐在自家客厅，看电视里播放拥挤的车流人流，庆幸那里没有自己的身影。前年的国庆，一家人特意选择少有人烟的七藏沟徒步，不料同好者已是成群结队，野趣盎然的七藏沟几乎热闹得成了赶场的集市。

生活日渐富裕的国人，休闲旅游已成为日常的生活方式，只是汹涌的人流让人不知所措。我很担心，假日里想找一份宁静，是否真要退守到自家的客厅。

女儿说："这样的人流，请我登长城都不去。"呵呵，话说得绝对了。她登过长城，如果是第一次来，肯定不会这么说的。妻子就激动得多，连说能上去看看多好，到了长城脚下却擦肩而过，不是遗憾所能描述的。好在车速一直很慢，左观右看，长城的大貌已入眼底。我则安慰女儿道："暂时的遗憾会用最好的结果弥补，回程时我们走东线，到时候安排在金山岭长城脚下住一晚，不紧不慢大游长城。而且，金山岭长城游客少，保存得又相对古朴原始，更有看头。"三言两语，平顺了她撩心的欲望。

长城一过，车速明显快了，望不到尽头的车流渐渐稀疏成串不起来的珠链，某一个路口下去三四辆或又上来一两辆，链条上总是顺畅地替换着飞速奔驰的珠粒。到官厅水库时，大有闲心逸趣尽览美景了。要不是急着赶路，这样的地方定要停车留一张影的。作为北京人饮用水的主要来源地，官厅水库的重要性可想而知。从桥上驶过的刹那，我甚至可惜这条高速公路跨水库修筑，尽管不存在直接的污染，但每天潮水般的车流尤其是严重塞车，很难保证不对清澈浩渺的水库造成影响。

山地倏忽间被甩在身后。过长城就到关外了。从山海关往东北，号称"闯关东"；从杀虎口往西北，即为"走西口"。位于山西右玉的杀虎口，明朝时为长城要塞，名"杀胡口"或"杀胡堡"，可见当年长城内外民族关系的紧张。清朝时改名"杀虎口",设税关,边贸游商一时兴旺。

当年晋人背井离乡走西口,为了讨生活。我们这次从居庸关往西北,为了赏风景。时代的变迁,呈现出悲壮和壮丽的矛盾反差;人性的高洁不屈与随心无拘,展示出天地大美的魅力。

长城的身姿渐渐模糊,模糊得只能靠想象。我有时想,古人修长城煞是讲究,不沿山地的边缘而是选择高耸险峻的山脊,虽然垒筑的难度大,但因地势险要而易坚守,事半而功倍,尽显聪明智慧。试想,域外的异族从广袤的草原长途侵袭,进入山高林密、石峭水寒的山地已很困难,猛然在山脊上遇到高耸坚厚的砖墙,该是多么的恐慌和沮丧。战场尚未摆开,士气早已泄去大半。

当然,我是凭空想象。历史的车轮反复证实,再坚固的城墙最后也无法阻挡异族的铁蹄踏破长城,长驱直入,奔袭中原。只是,武力的强势一直被文化的优越消弭,成就了中华民族大融合的数千年辉煌。长城,这条阻挡武力入侵的莽莽巨障,历经多少风霜雪雨,仿佛每一个垛口都闪晃着曾经的历史事件。它成了千年不衰、万年不败的文化符号,标记在人类文明的长河里,闪着灵光。

视野越来越开阔。地势虽然仍有起伏,说不上一马平川,但与刚刚过去的山地相比,心里顿觉敞亮了万分。纯粹的田野迎风扑面,似乎现代化的热风还没有吹拂到这里,水泥森林的压抑无影无踪,煦风里飘荡着丰茂植物的馨香。路边的庄稼长得正旺。玉米,大块大块的玉米地,偶尔有几棵或几行向日葵,举着灿烂的笑脸,迎送着匆匆的旅人。

宣化城过了。张家口隐而不见,只在高速公路上用蓝色牌子标着指向。从方位看,我们是从城市南部绕行而过。这座华北西北部的重镇,如忠实的守卫者,迎着大漠的风沙、毅然看护着曾经的家门,如今正踏准现代化的脚步呈现出不一样的繁华吧!

事实上,在久远的古代,张家口仍属于关内。不要说多么古远,明朝时修筑的长城，恰好从如今的市区北部蜿蜒而过。当年，作为京师的西北门户，驻军曾修筑城堡，名号为"张家堡"，据说城墙高三丈三尺，方圆四里十三步，东南各开一小门，东称"永镇门"，南叫"承恩门"。后来，到明嘉靖八年（1529年），驻军的首领张珍在北城墙开了一个小门，称作"小北门"，因为门小犹如口，而倡议开筑者又是姓张的张珍，因而后人称为"张家口"，沿用至今。

只是，驾车拐向张北县方向后，一路留意，却不曾看见古长城遗迹，哪怕是一溜不太明显的土堆。记得有一年从山西大同去内蒙古集宁，快到丰镇时，苍茫的大地上横亘出一条十分显眼的破败土墙，虽然基本颓败坍塌，但比起周遭的地貌，可以清楚地看到应是人工的遗迹。而且，当时并没有刻意搜寻，好像是目光的随意一瞥，就看到了祖先遗留的足迹，顿时心胸不免一震，一种难言的感觉裹挟着身心，没有激动，心绪附和着大自然的地貌跃动起几许苍凉。但这次却在刻意搜寻，带着丝丝缕缕莫名的躁动，心里酝酿着情绪，兴奋而郑重地指给妻女看，也让她们感叹曾经辉煌的文明遗存，即将消失的文明遗存。

历史长河中，很多朝代在这里修筑过长城，战国时燕赵，秦，汉，北魏，隋，北齐，明……或许还有，赵、秦和明长城多借助地势以砖石垒筑，汉长城则大多夯土为墙。风雨剥蚀、风沙掩埋，加上人为破坏，恢宏一时的历史遗存渐渐颓败成历史遗憾，好像只有明长城依旧风采。我的意识里，即便是一条浅显的痕迹，长城也会像龙脊一样固守大地。

不曾料到，在几乎所有出版的中国地图上依旧明确标注的长城，却没有在我的视野里出现，哪怕闪晃一下她碎裂瘦削的身姿。没有，确实没有。车过狼窝沟后，我曾想，或许还应该再靠北一点，但到了张北县城附近时，我彻底放弃了希望。我几度提醒妻女，让她们观察沿途的地貌，期望随时到来的惊喜。

"有没有发现特殊一点的隆起？或者长长的土埂？"我的发问

一直把妻女的目光逼向窗外，她们的回答始终是"没有"。

后来我想，或许是因为走在高速公路上，车速的确太快，眨眼之间都可能错过。

长城，不管还遗存多少，肯定还是存在的，这次擦肩而过。或许给下次造访留作最好的借口。但愿如此。但隐隐地，仍觉得不对，我们应该是穿越长城，不是擦肩。起码，高速公路穿越的一段，遗存肯定是不存在了。现代化的脚步，走得快了却嚣浮了，坏在它不是飘越历史，而是实实在在地破坏践踏。埋入地下的历史尚能续存，地上的遗迹一旦铲除，就再也寻不到一丝痕迹了。

车过狼窝沟，沿途的地貌和植被明显变化：庄稼渐次稀落，草坡草滩蜂拥而来，绿意丰满，地势的起伏犹如风过草海，妖娆舒缓。等于上了内蒙古高原，印象中好像草原都铺展在高原上，离蓝天白云亲近得伸手就能抚慰，翘唇就能接吻。过张北县城，高速公路结束，我们的车拐上207国道。一色的油黑的柏油路面，宽而平坦，路上车辆不多，车速仍然不慢。

已经进入坝上草原，人烟逐渐稀少，别说城镇，村庄的规模也越来越小，密度越来越疏散。如果看到一片树，大致可以判断中间围着一座村庄，周遭的旷野土黄土黄的，更衬得那片树林深厚的绿。地势则越走越觉得平阔，有时上到一个高岗，一色的草原能望到天际。一坡望一坡，水洼时而闪烁几点晶亮。滩地和草坡覆盖的厚密绿毯，铺展得人心舒坦。今年的草长得旺、长得绿，旺得每一个走过的游人都想扑进它们，绿得每一头牛羊都绽放一脸欢笑。

辽阔，辽阔得放肆，辽阔得蛮横无理、飞扬跋扈，辽阔得人立其间顿感孤独无依，只想尽快穿越。心被辽阔撼动，神被辽阔激荡。行走和穿越，油然而生旷古追今的大气魄。

午后一点，一头撞进车水马龙的城镇。草香花香被烟火气、油香味吞噬，从街头巷尾冒出来，从朱楼碧瓦渗出来，一丝一丝钻肺挠心，有点儿馋。

草原日影

太阳光烈得专横,白晃晃的刺得眼睛只能迷蒙。视野里的人、房、街道一片恍惚,恍惚得如被火炉灼烤。但进入室内明显凉了许多,从清晨燥热的北京到了较为适意的草原小镇,真有到了避暑胜地的快感。

太仆寺旗,是进入内蒙古的第一个县城。小城不大,位置却颇显重要,它稳稳当当地端坐在 207 国道线上,是从张家口进入锡林郭勒草原的必经之道。草原的荒旷从来惊遁不了人类生活的喧嚣。瞧这中午时分,国道临街的市面上停满了大大小小的过路车,大大小小的饭馆酒店热闹非凡地迎送着歇脚的路人。假如不是这么些过路客,小小的市镇肯定要肃静很多。

太仆寺旗的地名往往引诱人朝寺庙上联想,错以为这一带会有一个规模不小或历史悠久的寺庙,以至后来因为寺庙才有了地名。其实不然,这个给人错觉的地名,其实是由官名演化来的。

太仆,始置于春秋,秦汉沿袭,属九卿之一,为皇帝掌管舆马和马政,历代沿置,直至清朝。而太仆寺,即为太仆所在的部门,也就是全国掌管马政的最高机关。如今的太仆寺旗所在地,清朝时曾是水草丰美的贡宝拉格大草原,清初专门将这里定为替皇宫养育

清晨北京古街

夏日长城

御马和提供肉食的牧场。到民国，在这里设立县制，以太仆寺为名，渊源即如此。

顾名思义，历史上这里曾是纯粹单一的草原，是游牧民族跃马扬鞭的天堂，可惜20世纪初开始的大规模垦田活动，改变了自然生态结构，原本"紫菊花开香满衣，地椒生处乳羊肥"的草原，出现了大面积的小麦、莜麦、马铃薯、豌豆、大麦、胡麻、菜籽，虽说是农牧结合，但农业早已唱了主角。

而且，垦田之后，人口渐增，成规模的村镇不断涌现，人类生存文明与自然环境的和谐面临着从未有过的挑战。如今，无法奢望从前的纯色草原得以恢复，假如现有的生态平衡能够维护，都该是举杯庆幸之事。

已经走进草原，还没有看到牛羊群；繁华的街头，不是车流就是人流。

秋日长城

第二章 草原雨

出太仆寺旗往北，天地更加空阔邈远，无际的碧草荡绿扬翠，云朵乘风起舞，妖娆的媚态迷神醉魂。

公路蜿蜒在草原深处，仿如流动在身体上的血管，一直走下去，会如人生渴望的一样进入天堂。路面映日流光，黑油油，平展展，仿佛没有一丝杂质，像是刚刚摊铺上的柏油。没有多少弯，好像越是人烟稀少的草原，路越显得笔直通畅。越走地势起伏越大，如波谷浪涌。眼见前方一条长长的坡路，抑或犹如山脊般的高地，翻上去，望见的却是更远更高更绵延的坡路和高地。

太阳始终笑容满面，从湛蓝深处耀武扬威，万丈光芒爱抚地折磨着疏落的矮灌、错落的牧草、稀落的群羊与零落的村庄。天地万物清明澄净，沐浴般感受阳光的恩情。方向盘指往远方，导引流浪的精神体验天地大美、触摸阳光的温暖。

可惜，牧草似乎不再那么茁壮，也不再那么茂密，时而有灰黄光秃的沙地侵蚀在草原里，看过去心里茫荒一片，仿佛沙地要侵蚀自己的心灵一般，阵阵隐痛。即便有草的地方，也是稀稀疏疏、散散落落的，盖不住斑驳的地皮，近处尚能感觉到草的青色，远处却是夹杂着淡淡绿意的土黄。

近几年，这片草原成为北京人自驾游览的新热点，因距离近，因曾经是皇室御膳肥羊饲养场，因不一样的民俗风情，因新开发景点的新奇。一些北京游客打出的招牌说,它虽然远没有塞罕坝、呼伦贝尔出名,但却有最纯正的皇室御用牛羊肉。仅这一句,足以让京都的美食家们大啖口水。

不免担心,如此脆弱的草原地貌,如何经得起纷杂的车辗马踏人踩?下马酒滴灌过的浩瀚草原,该是一片葱绿还是灰黄?

不断看到招徕游人的招牌,景点有远有近,有大有小,如太仆寺御马苑旅游区,如草原游牧园,更有无数的这遗址那敖包。我们都没有进去,也没有停留。奔驰在莽莽草原上,我相信,最美的风景都在路上,尤其是人烟稀少的路上。但我看到,无数辆小车或前或后驶进这一片草原,相当一部分从国道拐进广阔的草地,渐渐消

草碧山青

失在夹杂着淡淡绿意的土黄里。

　　这不由让我想起呼和浩特西北方向的希拉穆仁草原。数年里，我曾慕名随旅行团两度前去旅游，但一次比一次失望。同样地处阴山北麓的两片草原，那边草原的沙化更为严重，所见的草常常是牛羊都不吃的如灌木般大小的堆状杂草，其余则是荒原般的沙地。骑马过处，必然扬起一溜黄烟，跃马驰骋的美感消隐在阵阵迷眼呛嗓的混沌中，以至于完全破坏了我曾经对草原的美好印象，准确说来应该是美好想象。后来，再有人邀我去那里，我都断然拒绝，直到前几年去了新疆的那拉提、四川的若尔盖和这次的呼伦贝尔，才完全恢复了我对草原的美好梦境。

　　只是，我希望这梦境能够绵延得更长远。

　　也许，是我过于敏感，也可能多虑了。瞧前方，越来越深的绿

公路在草原延伸

意快速地逼压过来，快得让人有点不大适应，有点不知所措，甚至不相信是不是眼前的实物了。不仅是草，矮小的灌木更是连绵，层层**叠叠**成一望无尽的密林了。公路延伸在了林地里。但不长，展眼之间矮灌退去，起伏的坡地上如铺毯一般尽是绿得泛青的草，一块地皮儿也看不见了。

云层远远地压过来，渐行渐黑，渐低渐浓密，就那么沉沉的一大块，周遭还是蔚蓝的天、素白的云，但瞧上去威势不容轻视。仅在眨眼之间，咔嚓一个闪电，仿佛一条凶猛火龙，从乌云里直插地面，把天地的阴脸照得银亮。紧接着，频仍的闪电穿着黑色的长裙信意狂舞，又如热心的红娘抛出的倾情的引线，把云层梳理成缕，一条条地牵向大地，顿时在天地间竖起无数条雨线织就的云锦，像立起的云海，像天设的雨幕，大气而壮观，大自然的万物都被它的气势

气势不凡

惊诧得肃然起敬。

天神的杰作，人类唯有震撼。

赶紧将车子停在路边，尽情欣赏只有在空旷的草原才得一见的暴雨景观。火龙窜得得意忘形，闷闷的雷声像从久远的时空穿越而来，仿佛整块大地都在与此共舞。我试图在闪电的一瞬能目睹火龙和雷公的真颜，我相信天庭的众神正在那里寻欢，但眩目的亮闪太短暂，不及眨眼又被黑沉的浓云吞噬。暴骤的雨区就在前方，站定的地方却依然艳阳高照。仅凭目测，判断不准到底有多远，但听雷声不会太近。草原，空旷的草原给了人无限的欣赏空间。也许，戈壁或沙漠也能提供这样的视野，但很难贡献这般气势的暴雨。

火龙似乎欢跳得有点累了，渐渐消隐在趋淡趋薄的雨幕里。雨线快速地稀疏，飘忽忽的如移动的轻纱，慢慢消失在不远的草洼里。

　　一些调皮的雨线借着一阵风跑过来撒欢,几珠雨滴落在脸上,闪着微光,带着凉意,滋润得心情随之欢悦起来。乌云从头顶倏然飘走,脚下的路面仍干爽爽的,只在旁边的草尖上晶晶莹莹的闪几颗雨珠,映衬得天地一派清爽。

　　这就是草原雨,来得快,去得急。畅心快意,瓢泼如注;气势磅礴,倏然缥缈如丝。像密集的箭,像纷飞的针,像滑翔的星,像滚落的珠,像飘舞的线,凌厉,潇洒,纯净,落一地甘霖滋润万物。

　　"太绝妙了,太神奇了。"女儿一边感叹一边手举相机继续追逐飘散的雨线。

　　"城市里一辈子也欣赏不到这样气势磅礴的天象奇观。"妻子回应着女儿,捧手对天,像在感应雨丝对草原的缠绵。

　　"咱们去追雨吧,看看刚才雨神聚会的地方是一派怎样的积水成洼、流水成溪。"我发动车子，仿佛驾着船驶向明润的水国。

不远处的路面开始变湿，进而有了小小的水洼，刚才的雨区离我们停车的地方并不遥远。起伏的草原在雨过天晴的日光里亮亮晶晶、花花绿绿，仿佛要感谢雨水的恩赐一般。漫野的牧草直爽爽地立起挺阔的身子，如果侧耳细听，拔节茁壮的声音犹如舒缓曼妙的轻音乐，协奏在旷野里悠扬。如果不是有汽车发动机的轰鸣，真想关掉正播放的音乐光盘，尽情享受大自然奏响的天籁乐章。

音乐的旋律里飘来花香、草香、泥土香、雨水香，好像还有林木的香、庄稼的香、水果的香、炊烟的香，丝丝缕缕，虚虚实实，香得有点甜、有点涩、有点滑，捉摸不定，扑朔迷离。眨眨眼，银亮；咂咂嘴，脆酥。抖动在草尖，飘逸在风尾。揉碎了雨的空灵，逸散了风的清新，浸润肺腑。

草原里突然长出巨大的电风扇，又像头戴翎羽的游侠，挥剑舞翩跹。一柱柱、一尊尊、一片片，野朴的风电场随意散漫地摇荡无限的高贵，如一群行吟诗人迎风唱吟。高大威武的白色身躯布列在广袤无垠的绿色里，给纯粹的草原增添了别样的色彩和欢快的动感。周边的牧草闻风起舞，精神抖擞，身板茁壮得秀挺茂盛，平缓的坡地如铺展了厚密柔软的草毯，温情弥漫。公路在绿色的绒毯上裁剪出一道黑油油的印痕，义无反顾地刺向望不到尽头的天边。不断有

云锦般的雨线

飞驰的自驾车伴随着尖锐刺耳的刹车声停在路肩,三三两两的红男绿女蹦跳呼号着扑向草毯,扑向碧绿,扑向蔚蓝,摆开各种姿态留影纪念。

风把潺潺水声送来。落雨润物,聚水成洼,流水成溪。经过碧草的滋润、细沙的澄滤,成溪的水流清粼粼的,蹦蹦跳跳,曲曲折折,一路欢歌,壮成气势,流成了小河,蓄成了水潭。河是草原的血管,潭是草原的明眸,草原活了,活得蓬勃年轻,活得笑语声喧。

锡林河,应该是锡林河,路边一块写着"锡林九曲弯景区"的牌子一闪而过。多少人慕名而来,将九曲弯拍摄成堪称不朽艺术的摄影佳作。锡林河宛若奔放的情人,水灵妩媚的眼波,妖娆柔丽的腰肢,迷倒醉傻无数慕名人。哪怕只是下车驻足片刻,也会使疲乏一路的身心振奋激动,舒畅得心绪不免因爱颠狂。

如梦如幻。我仿佛看到了成吉思汗打马扬鞭纵情草原的英姿,他是来护佑九曲弯美景的吗?当年,他携妻子孛儿帖来到锡林河畔,登高望远,但见牛羊如玉珠撒落草原,百鸟低旋颂歌,野花迎风舞蹈。夫妻俩被眼前的美景吸引,双双跃马奔驰。欢笑中,妻子孛儿帖的围巾不慎落在草地上,而两人全然不知。当他们勒马回头望时,发现飘落的围巾将原本直流的锡林河绕成了九十九道弯,从而把丰茂的草原装扮得更加美丽娇艳。成吉思汗深情伫望,有感而发:"此

处造化神功，碧水青山，必成繁盛之地。"于是，美丽的九曲弯，在碧绿的草原上静静流淌数百年，把一代天骄的祝愿恩泽永远。

　　这里已是锡林郭勒草原的腹地。除了典型草原，视野里还有面积不小的草甸草原、沙地疏林草原和河谷湿地生态。锡林郭勒，蒙古语的意思是丘陵地带的河，可见这里是水草丰美之地。当年成吉思汗就把他黄金家族的住帐地设在了这里。几百年过去了，这片草原上至今遗留着曾经辉煌过的蒙古部落的遗存，如今的居民仍完整保留着蒙古民族作为草原游牧民族的独特文化和风俗习惯。

　　沿着锡林河走下去，会走到不知所措，抑或捶胸顿足。美丽蜿蜒的锡林河，流着流着突然流没了，走着走着突然走失了。下游成了倒流的源头，源头成了顺流的下游。难道一切美丽都逃不出短暂？脚下的草地干干爽爽，嘴角的空气干干爽爽，干爽得让人直想流泪，用泪水续上消失的河流。我宁愿相信她隐身在了草原中，如少女躲进了闺房，洗除一身尘埃，一路疲惫，梳妆打扮一番，再让世人惊艳。你瞧，她在前方出现了，化身成了一处周长百余公里呈海马状的大湖，

云层远远地压过来

像大海一样宽阔美丽的湖。多善良,多慷慨,多大气,谁不想凑上去,掬一捧水,深情地吻。

这就是有"百鸟乐园"美誉的达里诺尔湖,锡林郭勒草原的一颗明珠,内蒙古第二大内陆湖,我国第三大天鹅湖(另两个是江西的鄱阳湖和新疆的巴音布鲁克湖)。枕卧在沙地草原里的天鹅湖,绿草鲜花饰闺房,雨露柔风作梳妆,宛若草原娇俏美丽的情人,日夜轻眨水灵妩媚的眼睛,闪动波光盈盈的温情。

可惜,我们这次行色匆匆,未能前去感应她的温情、目睹她的芳容。

离开九曲弯鞭子样甩在了身后,阳光早已斜照,车的影、树的影、草的影越走越长,影影绰绰一片高楼撞进视野,如长高的日影,半明半暗。那是锡林浩特吧!一直畅走在阔辽的草原,突然冒出高楼林立的都市,突兀得胆怯,惚恍得惊奇,不适应,甚至不情愿,如果是虚幻的蜃景,或许比真实的存在润心养眼。

作为锡林郭勒盟的首府,锡林浩特的城市建设没有被现代化的

云朵乘风起舞

洪流抛却。刚走进它的外围，就被条条笔直宽阔的柏油马路震慑，矗立在路边的新式楼房鳞次栉比，茂盛的行道树仿如长高长粗了的绿草，把草原的绿延伸到了街道的边边落落。不管跟内地的哪座城市相比，锡林浩特的现代化步伐毫不逊色。当然，也感觉不出多少特色，几乎雷同的现代建筑，跟走进内地的随意一座城市都有莫名的似曾相识感，独具地方风貌和民族风情的建筑没有撞进我的视野。

为了赶路，我们没有深入市里。我知道，蒙古民族深厚的文化和民俗遗留在市里尚有一定规模，最为典型的贝子庙保存得就很好。围绕这座香火极盛的寺庙群，市政府修建了面积很大的广场，将古老的寺庙文化与超现代的广场文明融为一体。

从外围绕城而过时，在城市的北边经过了一座广场，但凭感觉判断，不是贝子庙广场。在锡林浩特，还有两座广场，一是成吉思汗文化广场，一是锡林广场。前者位于城市东南方13公里处，后者建于城南。这座路过的好像坐落在城北或西北的广场，显然不应该是二者其一，莫非锡城又新建了一座更现代化的广场？否则，最大的可能就是贝子庙广场。

停车问路时，妻子和女儿走到广场边照了几张相，算是这次路过锡林浩特的唯一见证。广场规模宏大，气势磅礴，场地铺筑长方体花岗岩，绿地布局四周，中间垒筑的坛形台上塑有骑马人物像，不及近前，不知所塑何人。高坛周边立了数杆类似标准足球场内的照明灯柱，方向齐齐对准中心的雕塑。不远处的左右两角，两座挺拔高耸的石塔，上举飞蝶样的火盆，是否预示着某种精神或文化的燃燃不息？这样规模和艺术品性的广场，搁在内地哪一座城市里都能成为地标性景点。

我们拐上偏西北方向的101省道。时间已近下午六点，距离今天的目的地还有两百六七十公里，一刻耽误不得。好在正值夏季，太阳落山较晚，起码还有两个多小时可以在天光里驰骋。

路面突然窄了许多，窄到一旦前面来车，一方必得让到路边停下。

水草丰美的草原

但平坦依旧,光洁的柏油路,无穷无尽地往草原深处延伸。车辆很少,有时数十公里遇不到一辆相向而行的,同方向的前后几辆小车都悬挂着北京市的车牌,相互超越着(因景色的停留而超越),可以断定都是一个方向的自驾游者。

路开始时偏西北,继而往正北,过巴彦高勒之后直拐往东,而后偏东北方向,直到东乌珠穆沁旗。

几乎没有再停车。路好车少,速度飞快。路面短则平坦,长则起伏,与草原的地貌吻合。牧草时而矮小,时而高深;时而野花相间,时而绿意纯洁。几乎没有村庄,好像一路上牛羊也少,或许天色向晚,已经入圈回家。在这样杳无人迹的旷荡草原上行走,偶尔会生出莫名的孤零感。苍茫大地,浩然天穹,仅一辆小车,仿佛在无穷中无助无奈地奔走,看不到归依的实在。妻子和女儿静静地坐靠着,好长时间无人说话,好像一天的旅途疲劳把窗外的美景腐蚀得再也勾

风力发电场

不起欣赏的兴致。几乎一样的景色,再美也都有个度,长时间浸润之中,难免会趋于淡然,何况又有沉郁的疲劳袭身。

天眼一点点闭合,天色一点点昏暗,车灯一点点亮灿。夜幕拉开,草原更加浩荡宁静,浩荡得仿佛亘古荒蛮,宁静得似乎岁月幽暝。野风夹杂凉意,舒筋活络,苏醒了疲惫的精神。车轮御风撒野,畅行无碍,振奋了欲睡的草原。跃上一个长长的高坡,远处灯火一片,静心窃听,似有鸡鸣狗吠,市声喧阗,生活气息疯狂弥漫。

那就是今天的目的地。时间定格在晚上八点。从早晨六点出发,14个小时,行程900余公里。我的自驾处女游,初生牛犊般无畏耍蛮。我停下车,仰天舒气,像马拉松冠军,举臂高呼。

天地暗合。遥远的天际劈空一串闪电,刺目的闪光撕开浓厚的夜幕,鞭子样抽打蛮荒。那里的草原正幸福地跟雨水寻欢,一夜的孕育,明天是否会诞生一条新的锡林河,一段更美的九曲弯?

会有,我相信会有,草原雨无时无处不在创造奇迹。

第三章 羊马欢

乌里雅斯太，乌珠穆沁，发音奇特，但朗朗上口，意义待解，应该是蒙古语的直译。乌里雅斯太是镇，乌珠穆沁是旗，旗的"首脑"在镇上。

镇面积不大，几条东西南北走向的街道交叉出镇区的基本轮廓。路都笔直，东西方向较长而略有起伏，南北较短则顺当平坦。镇南一条新街，沿街的建筑也新。主街区大多是四五层的楼房，临街的门面几乎均做生意，各色商店、酒店、饭店、药店甚至理发店交杂着，招呼得街面上人气兴旺。

碧绿的草原

草势不算旺盛

草低见牛羊

　　我们没有专门去逛街，实际上城区也没有什么可逛之处，晚上到的时候开着车找宾馆，几乎把城区所有的街道走了一遍。住下后又去宾馆附近的一条街散步，虽是晚上九点，大部分商店和饭店都还在营业，恍惚得叫人误以为身在南方的城镇。

　　记得数年前去山西大同，太阳落山不久，街上的店门纷纷关了，想逛街只有在空荡的马路上无聊地晃悠，走不多远就被寂寥的气氛逼迫得只想躲进灯火通明的宾馆。当时便想，难怪一些南方人鄙视北方城市夜幕下的冷清，并且豪气万丈地夸耀南方城市的夜晚近乎喧嚣的繁荣，显而易见的夜生活差异确实让人不好争辩。但我也曾琢磨，是迥然的气候营造了差异明显的起居习惯，还是不同的文化熏陶形成了别样的生活习俗？因为在我的印象里，北方城市的商店，傍晚关门早但清晨开门也早，而南方城市的商店晚上关门晚但早晨开门也晚。谁曾料到，短短几年，这些差异似乎一夜间消失了，就

连这座孤立在茫茫草原上的小城,夜色中的热闹也令疲乏的游客身心温暖。

这样人流不息的街上很容易找到饭馆,各种风味的小吃和菜肴都有,绝不会饿肚子。

几年来,我不停地在中国大地上穿越,走过一座座城镇村庄,感觉只要有人居住,吃饭问题就迎刃而解,哪怕是深山抑或沙漠戈壁滩的公路边,都开着小饭馆,而且越是僻远的地方,饭菜的地方风味越浓烈,吃起来又香又过瘾。

等饭菜的当儿,我抽身转到临近的几家店铺,商品琳琅满目,与内地小城无异。我甚至转到一家专门销售蔬菜水果的店铺。水果

视野辽阔空旷

退化的草场

种类不多，几挂香蕉，两小箱苹果和梨，西瓜、甜瓜堆成小山。蔬菜丰富多样，看一眼食欲大振。个大圆润的西红柿，鲜嫩青绿的黄瓜，都是大城市里难见的新鲜。我毫不犹豫地各买了几斤，洗净了在路途上充作水果。

　　清晨的街面清爽干净，早点店已开门营业，各个店面都生意红火。为了早点赶路，我们没有坐下来吃早餐，而是买了充足的食品，带在路上吃。妻子和女儿可以随时解决温饱，我则可以在遇到好景色时一边停车欣赏，一边大快朵颐。考虑到今天的路途全是广袤的草原，中餐的时间不可能遇到村镇更别说城市，于是我们特意准备了午餐的食品。万事皆备，尽可全身心地走进人烟稀少仍基本保持着原始状态的天然大草原。

　　从宾馆前的乌拉盖街道向东，一个上坡就出了县城。没有所谓的城乡结合部，城市与草原直接相连，走完大街就是旷荡无垠的大草原，身后日趋现代化的城镇晃成了剪影，几乎没有分界线，犹如瞬间穿越了不同时空。

金帐汗草原部落

　　来去匆匆，一夜之缘，便离开了乌里雅斯太。或许，今生不会再来这座临近国界的边城，忍不住想从后视镜里再看一眼，但早已是草原无际。

　　相对旷荡的草原，小镇如此渺小，只那么一瞬，就隐没在了满眼的绿色里，好在不是吞噬，而且小镇创造的文明还将主导草原的大命运。

　　遥远的边城，地理的意义缩小成零，一夜间又从零拉向遥远。我渴望远方，未知和向往，总是诱惑绵绵。不管是否澄净，不管是否祥和，遥远总神秘着桃花源。离开后的再次遥远，与曾经的渴望相比，充沛了厚重的真实、流浪的精神，充饥了饱满的画饼，犹如丰茂的草原之于饥渴的牛羊。

　　今天大部分时间都将走在东乌旗的土地上，向东，一直向东，如同当年他们的祖先从遥远的新疆北部阿尔泰山一带一路东迁到此一样。作为蒙古民族一支古老的部落，乌珠穆沁的子孙没有忘记他们祖先的家园，把这个地名（乌珠穆沁在蒙语里意为葡萄山人）从阿尔泰山脉的葡萄山带到了草原，从而生根繁衍，延续起民族的血脉和文化。

我曾查阅过资料，关于乌珠穆沁的历史渊源有好几种说法，但都与阿尔泰山的葡萄山有牵连。不管是随成吉思汗的铁骑大军西征后定居阿尔泰山脉的葡萄山，还是之后又历尽艰辛东迁至蒙古草原，乌珠穆沁的名字在蒙古民族的史册上都铭刻了不朽的辉煌。这里是蒙古长调的发祥地，又是搏克（蒙古式摔跤）的故乡，素有"歌海跤乡"的美誉。

出城后沿省道101线往东北，而后偏东。如果一直走下去可以到达霍林郭勒市，再往东南则直抵通辽。但我们只走了60来公里，便在宝拉格苏木左拐，上了省道303线。

这是一条从东乌旗通往阿尔山的较短又相对好走的路线。公路的路幅突然变窄，由刚才的两车道压缩成一个车道。一旦遇会车，

一方的车子必须骑上路肩,最好停车等对方通过。好在这里是空阔的草原,碎石子铺设的路肩相当硬实,哪怕车子滑向旁边的草地,也不会有大的危险。尽管如此,安全当为第一,尽量小心着,不让车轮挨上草地,毕竟柔软的掩盖下偶尔会藏着陷阱。

几乎没有车,偶尔遇一辆,要么是停车观景的,要么是自己停车观景时被别人超越,都是自驾游者,看车牌几乎全都来自北京。一路走到现在,这种现象一直相伴。路幅虽窄,但路面是一色柏油,平坦而视野无碍。如果不顾及景色,尽可以适当加大油门。

不必担心会车,因为几乎没有对面来车;不必担心撞人,因为根本看不到人,而且越走人烟越稀少。一些路段,几乎如同行走在高速公路上,又不必像在高速公路上瞻前顾后,集中精力变道超车,或小心谨慎地注意别人超车,只要方向盘掌准,四轮行驶在路幅内,速度快一点,精神也不紧张。

仿佛一切都是旧日的

当年蒙古人的祖先不可能享受如此坦途，马蹄踏处，高低坎坷，颠簸危险。我几度停车，试图寻觅旧日万马奔腾的印痕。茁壮的草或许是旧日的，尽管岁枯岁荣；日光月影或许是旧日的，尽管周而复始；悬挂的露珠或许是旧日的，尽管草青草黄；远处的羊哞或许是旧日的，尽管此起彼落……仿佛一切都是旧日的，唯独车轮下的柏油路新得硌心，新得超越了大地上的一切。

可是，有那么一刻，坐在舒适的车内，我并没感觉到贴心暖意的舒适。公路的强势入侵，汽车的无畏驶进，真的预示着文明的进步胜利？我知道这么想未免矫情，毕竟，如果没有这条柏油路，我们不可能走进这片草原，走进这么古远的自然，更感受不到历史曾经在这里展演。传统不曾断裂，精神必有源头。万物一直活着，时间在车轮下连续了古今和永远，只不过，昔日的马蹄声被现代的发动机声替换。

当然，好景并不久远。平坦的路面很短，更多更长的路段时而被修补，时而坑坑洼洼，甚至还有相当长的搓板路。车子行走在上面，颠颠簸簸，车抖人颤，仿如被动按摩，五脏六腑都颠得零乱。这样的路段，地阔人稀，能铺成柏油路已算现代，再高的强求未免苛刻，但严格讲，因路基尚好，若认真护理，不失为一条质高美观的景观路，但愿不久的将来能如所愿。

路况不好，却带来一个好处，可以随时欣赏沿途的美景，停车也方便及时。沿途几乎全是纯自然的草甸草原。出东乌旗后地势尚且平阔，视野广远舒畅，越走地势起伏越大。远远的缓缓的山坡一点点地逼近，进而便是长长短短的上坡下坡，大自然的气势越发波澜壮阔、浩荡无涯。草势不算旺盛，也不密实，地皮偶尔裸露绿草间。远望，草尖染一层淡淡的米黄，像是草神可心着意的微笑，漾动得心神为之欣悦。

羊群不时出现在路旁草场。不必风吹，低矮的绿草地里能呈现羊的全身。满目低矮的青草，色鲜叶嫩，羊儿非常喜欢，常常是一气咬嚼，头都不抬，瞧那贪婪劲，真如饥饿的人吃到了垂涎已久的山珍海味。相对于草深却不纯净的草场，我想羊儿更喜欢这样不含其他杂类的青色小草。试想，一色的菠菜炒出的菜，跟夹杂了萝卜叶炒出的菜，人会喜欢哪一份？羊虽然不及人类智慧，但在选择吃食上绝不会太傻。天生万物，生存的本性是没有多少差异的。

我佩服羊儿的天性选择。

生肖属羊的女儿平生第一次见到这么大的羊群，不仅激动，而且惊讶，不时在后座上跺着脚拍着手欢喜地要我停车，好与温顺的羊儿亲密接触。见她激动得着急，我故意说："前面还有更多更大的羊群，草场的景色也更美丽。"但女儿实在等不及了，欲把车窗打开拍摄犹如白云落地的羊群。

选一处草美羊多的地方停车，满足她的好奇心与兴奋。女儿如自由的精灵般快步奔向那群貌似端庄的绵羊。未等靠近，刚才还低头专心吃草的羊儿迅速向远处移动，有几只还停步回头看了看，惊慌的眼神好像在疑惑和责备无聊的人类为何打扰它们享受美食，当然更不愿意与人类的好奇心配合，义无反顾地继续朝远处移动，行为一致地将肥壮的屁股对向人类的笑脸。

我赶紧提醒女儿慢一点，脚步轻缓一点，惊吓了羊群，只能落得空欢喜。草场边有一道等腰高的铁丝网，这是草场主人为保护财产设置的。再阔大的草场，如今都是有主人的，这为草场的休养生息和保护建立了良好的机制。但对女儿来说，这是无法逾越的障碍，她无奈地眼睁睁地目送羊群越走越远。

"前面还有。"重新上车后我安慰道。很快就是更大的一群。这次女儿吸取了教训，小心地靠近，几乎与羊群只隔一道铁丝网。激动荡漾在心里，笑容绽放在脸上，夸张的兴奋定格成些许拘谨的姿势，收藏在相机里。温顺的可爱的羊儿，只要不惊动它、不骚扰它，这些天使般的动物会可心可意迎合你的心愿，让你满足得上车后仍然得意忘形。

成群的白色蒙古包

　　我走向另一端，探步草的家园。天空幽蓝，碧草邈绵，寂静隐远。尽管汽车发动机已停转，我仍回头望了一眼，像惊见破门闯入恶声恐吓的坏蛋。它是草原的入侵者，我何尝不是？脚步轻缓一点吧，灌耳的声音多么纯粹干净。风，还有羊跟草叶的亲吻。那是大地在跟草叶说话，还是草叶在跟羊群缠绵？这是纯净的牧歌，还是旧日遗留的传统？我已纠缠不清现实和梦境，我只觉得空旷的草原荡漾

着忧伤，也荡漾着幸福。

草原本来就是动物的自然家园，人类不该凭欲望抒情成诗歌。

然而，羊群并不是越来越多。从贡宝拉格苏木往北拐上省道303线后，草场仿佛突然间稀疏起来，不再是连绵，也不是一片片，甚至不是一丛丛，而是清晰可辨的一棵棵，并且棵棵都显得柔小细弱，叶片干爽爽的。地面干爽爽的，仿佛多日不曾下雨，大地万物极度焦渴了似的。丛生的个头稍大的仿佛茅草的，头顶完全枯黄，远望去一片土黄，杂陈在漫野的绿色里异常惹眼，倒给一路上近乎单一的色调增添了丰富的韵致，收进镜头里不失为别样的草原风光。

但愿只是这一片，仅仅这一片，相对于拍摄好景致，我宁愿草原的色调单一，单一的绿色调，浓浓的。

这样的草场，娇贵的羊儿是不会喜欢的。事实也是如此，走好远才遇到一群羊，群体也不是很大，咩咩地叫着，像是无奈的抗议。然而却遇到了一群马，大约二十来匹，棕红色，尚算健硕。它们没有在青色的草地上吃草，而是三五扎堆地立在路边一块寸草不生的黄土地上交头接耳摇尾私语，仿佛正召开一场非常重要的讨论会，为着某一项议题郑重其事地交换着意见。黄土地上尽是杂乱的蹄印，几无一块没被践踏过，瞧阵势不免让人怀疑是否为了某种看法的差异引发过一场起沙扬尘的战斗，以至于坚实的黄土地像被疏松了一遍。

这是一天多来我们路遇的第一个真正成规模的马群。女儿当然不会放过第一次与马群合影的机会。或许是因为刚刚结束的打斗疲劳了，也许正讨论的议题需要这样的安静，更可能遇到人类之后集体默契，一定要展现儒雅的君子风度，不管合影时靠向马群多近，马儿们端正地站立丝毫不移动，看人的眼神莫名地闪露几许不好意思。

呔，神性的马与人一样，还知道生发来自内心的害羞呢。

接二连三，又停下来两辆自驾游轿车，均来自北京，有一辆昨日似曾几次交叉相遇，看来今天的遭遇会重复昨日。车门打开，两伙人举起"长枪短炮"对准马群一阵"轰炸"，情绪高昂的女士不忘摆出夸张得还算淑雅的pose，逗得一匹闲游的小马驹窃笑了一声扭过头去。瞧年龄性别结构，应该是两个年轻的家庭。有幸不期一路同行，会意地用眼神打个招呼。国人受传统文化的熏陶，平安顺利环境下的陌生人，彼此善意的眼神，或许是最好的问候和招呼，当然也隐含着祝福。

地势更加起伏，起伏得悠远漫长。起初感觉朝着前方的高地行驶，到了坡顶，翻上去，又是新的重复。远处还有更高更长的坡，一坡一坡连一坡，莽苍苍，望不断，翻不完，犹如庞大的登天台阶，气势磅礴地一级一级隆出高原。是的，高原，翻上最高的坡，惊讶另一面只是落差不过数十米的坡，前方近乎一马平川。海拔的提升，错愕了思维习惯。

每次走到坡顶，都想停车驻足，站定四望。视野辽阔空旷，远山起伏波荡，大地天穹彰显蓬勃雄悍的苍溟气势。不管坡底坡顶还是坡上，均被葱绿的草场覆盖。窄狭的公路如拉直了的黑油油的缎带，横在如毯的草地上。偶尔，阳光穿透云层落一束光亮在草原上，明晃晃亮灿灿的，把大地修饰得顿时五彩斑斓，再艺高胆大的画家也不可能创作出这般天造地设的神奇图画，仿佛只在梦境中曾经闪现过。这时候，再好的相机都无法真实自然地留存眼前的美景，只有用眼收藏和用心感悟，化作真实的幻境留作将来梦中温习。

或许，大自然最美的瞬间景致无法留存，幸运地欣赏和回味，才有了更多的梦境、期盼和希望。

越走人烟越稀少，不仅看不到人，连房子也看不到，满眼只是起伏不绝、层叠无尽的绿。绿得触目惊心，荡气回肠。浓烈的绿一刻不停地撞进眼帘，浓得如绸，烈得如酒，似有隆隆的声响震荡得眼睛万分陶醉。

如果前后能看到一辆奔驰的汽车，心里都踏实许多。走很远，

再没看到羊群,更没马群。牲畜随人走,没有房屋没有人,羊和马一样杳无踪迹。然而,草场却愈来愈茂盛,愈来愈邈绵。牧草绿而深,旺而壮,密而纯。一些地方仿佛剔除了杂质一般,一色的齐整和平展,仿佛躺卧上去都能承载住人,但因为太美,有躺卧的欲望却舍不得,哪怕是拂手过去,都是对美的摧残和破坏。有形的犯罪会造成心灵永久的创伤,不忍为也不能为,自然美和心灵美的和谐共存才是天地追寻的大美,遗爱无尽。

有了这样的大美,有了生命力旺盛的无际的绿,望不到人烟也不会产生曾经在茫茫戈壁行走时有过的孤独和无助,甚至对生命脆弱的感叹。

我知道,这条路非常靠近中蒙边界,完全可以称为边境公路。正由于人迹罕至,才成就了这一带草原的原始和兴旺,才给了我们这些长途跋涉的游人感受天苍苍野茫茫纯然大气的绝美风貌。

感谢自然,感谢丰润的大地,感谢我们的选择,感谢一切!

仿佛只在梦境中闪现过

第四章 草原鼠

　　行走在寂寥空阔的草原上，应该感谢一路上无数调皮机灵的草原鼠。

　　草原鼠是茫茫草原上最可爱的精灵。自从拐上303省道，草原鼠的身影便开始出现。人烟越缈无，草原鼠越多；草体越深，草原鼠越繁盛。

　　我曾在四川的若尔盖草原和新疆的帕米尔高原、那拉提草原见过机灵的草原鼠，它们身体肥硕，龟缩在洞边时犹如一坨毛茸茸的肉团。通常，它们大都活动在巢穴附近，一旦有风吹草动便迅即射进洞内。

　　同行的伙伴当时曾打趣，假如在广东，这些肉墩墩胖嘟嘟的草原鼠早已成了盘中美味，草原的鼠害或将不复存在。诚想，广东人连生长在城市里的老鼠都能烹饪出令人垂涎的佳肴，这些自然生长在草原上靠喝矿泉水、吃冬虫夏草、含六味地黄丸滋养长大的草原鼠，营养和口味岂不更佳。这般想来，一旦引进到城市的菜场肉摊、摆上城市人的厨房餐桌，哪里还有猪牛羊鸡鸭鹅的市场，不仅高企的肉价会应声而落，也不用再恐慌瘦肉精的危害了。如此如此，城里人大饱口福，草原生态得以养护，天地生灵三生有幸也！

　　说笑说笑，算是调节旅途氛围、颐养身心吧。话再说回来，今天遇到的草原鼠完全颠覆了曾经的印象，不仅身长体瘦，而且极度

第四章 草原鼠

丰茂的草场

雪白的云彩,紫色的花朵

逗趣，辨不清它们的族类。鼠离人类即狎近又远邪，厌恶而引恨，避之无恐不及，哪有闲心辨析名类。三蛇七鼠的猖獗，鼠目寸光的丑陋，贼眉鼠眼的猥琐，蝇营鼠窥的龌龊……如何能有好印象？何时不是人人喊打，抱头鼠窜？因而，曾在别处草原见过的肥硕体形憨态模样，多多少少舒展过一直烦厌的眉宇。今天目睹的颀长体形、灵怪模样，又润柔了以前怀恨的心肠。

后来我真的刻意去查了资料，大致了解到四川西北部的草原鼠多以高原鼢鼠、喜马拉雅旱獭、多种鼠兔和田鼠为主。旱獭个头硕大而动作迟缓，基本可以认得，想必曾经见过的多是鼠兔。而内蒙古锡林郭勒草原则以长爪沙鼠、布氏田鼠、草原黄鼠和草原鼹鼠为主，甄别精瘦颀长的体型，一路上频频逗趣的应该是草原黄鼠。

印象最好的是在新疆帕米尔高原见到的土拨鼠（旱獭）。那年我自驾车带着七十多岁的父母去游览世界海拔最高的口岸红其拉甫，翻越苏巴什达坂（高山垭口）时被数条近在咫尺的慕士塔格冰川诱惑，

高山生灵

于是停车,提相机往冰川走。4000米的海拔缺氧了心肺也缺氧了脚力,我知道看似眼前的冰川还很遥远,但仍想挪上跟前的高坡,好与冰川平视。寒风撕扯着浓云、压迫着矮草,一望的视野仿佛了无生机,远古的造山运动似乎把这里还原给了蛮荒和空寂。

  我的目光一直没有脱离莹白的冰川,突然几个灰黄的物体凸出坡顶,剪影在了晶亮的冰镜上。我立刻意识到那是高山生灵。个头硕大,蹲卧昂首,一时辨不清身份。我举起相机,长焦拉近,两只灵动的圆眼机警地与我对视。土拨鼠,憨态可掬的模样掩饰不住机敏灵气。数十只,各居一块高地朝这边张望。我缓步靠近,甚至猫了腰,忐忑惊慌,仿佛猎奇偷窥别人的隐私。太大了,太美了,从来没见过这么大的鼠、这么美的鼠,美得呆呆傻傻,美得肥肥硕硕,美得零乱了脚步。一瞬间,所有的美隐没进地平线。我闯进了它们的家园,踩乱了它们的秩序。我还遗憾于它们的逃避。我不想做它们的敌人,它们也不会把我当客人,哪有不由分说硬闯的客人?

秋意逼近草原

不规则的洞穴，数不清多少，地下该是四通八达的王国吧。条状的粪便密集在草地上，那是它们回馈给大地的金玉，营养了家园，殷实了季节轮换，和谐得自自然然、饱饱满满。

我在它们家门口坐了下来，想问问它们对人类破坏自然的行为如何看。洞里好像传出动静。我听不懂它们的语言，它们也不会理解我的疑问。

后来我想，在人迹罕至的帕米尔，不管偶然遇到什么，都该有神秘莫测的缘由，神秘得无法探知却又真实，真实得能顿然感悟到唯独大地才有的灵性，人世的所有污浊与沉重都会被那里的纯净与轻盈消融。

辽旷广袤的蒙古草原同样有类似的神性，比如今天一路见到的草原鼠。

草原鼠向来被视为草原的灾害甚至灾难。资料称，草原鼠大多以牧草为食，且挖掘洞穴时易切断或损伤牧草根系，导致牧草死亡。更不能容忍的是，草原鼠挖掘洞穴尤其喜欢在肥力最丰富的土壤层，致使水分蒸发、肥力流失，致使优良牧草减少或消失，草原退化。而且，密集深曲的鼠洞犹如无数隐秘的陷阱，难免造成马失前蹄、人畜受伤。当然最可恨可怖的是鼠疫，不仅伤其自身，而且殃及人类。历史上，所有横扫东亚到欧洲的大规模瘟疫的罪魁祸首都是土拨鼠。据统计，因鼠疫死亡的人数超过了十亿，成为仅次于传染疟疾的蚊子的人类第二杀手。

但不论怎样，草原鼠却是草原生物链中不可或缺的一环，如果赶尽杀绝，同样是一场生态灾难。纵观近年来草原鼠害频仍，不正是因为草原鼠的天敌或减少或灭失，以致生物链条断裂才酿成的苦果吗？天生万物，都是相互依存的伙伴。草原一样不可或缺草原鼠。

按理说，这段公路通过的草场深莽而密实，如果草原鼠不主动露面，根本看不到它的身影，更不像曾经见过的草原上鼠窝座座、鼠洞片片，这里连一拃露天的地皮都不见，哪里能看见鼠窝的真颜。丰茂的草场为草原鼠构建了隐秘的家园，天造地设般神妙，窈窈冥冥般深奥，俨然神佑。

如此这般，哪里见的草原鼠呀？猜对了，在公路上，在狭窄的空寂的仿佛没有尽头的公路上。

看呢，前方，就在前方不远处的路边，一只只草原鼠机灵地站立，甚至有不少胆大顽皮地直立在路中央。

是的，立，站立，高高地站立，两条后腿立得笔直，立得挺拔，立得威风凛凛，立得气宇轩昂，似乎把周围的青草都濡染得纷纷挺直了腰杆。还有呢，不只后腿，纤细的腰肢撑着上半身挺得神采飞扬；一双前爪则调皮地合抱胸前，头颅高举着，四下里张望，一双警惕的小眼睛不停忽闪；哪怕一阵风声都能激活它机灵的耳朵，支楞楞的，配合着灵怪的眼神时刻预测着可能的威胁。汽车尚距十多米时，便掉头奔窜，隐没进浓密的草地里。

不是一只两只……九只十只，而是无数只。像故意的挑逗，刻意的玩耍，又像冥冥之中今日应该享有的情绪调味剂，总之这些草原的精灵带给了我们无尽的欢乐，给一路近乎单一的自然风貌添加了撩神快意的灵性和神采。

特别是那些直立在路中央的草原鼠，你在意的不再是它的胆大，而是它孩子气般的调皮和淘气，以至于无数次地担心飞驰的车轮会伤了它的身体和性命。天神恩赐的开心果，如何能忍心伤害。于是，遇到频频出现的它们，我极力放慢车速，心情轻松地与这些可爱的草原鼠玩着捉迷藏。

草原鼠，真心地感谢，你们是这一路最令人开心的朋友。

诚然，这一带的草原动物不仅只有草原鼠，起码有它的天敌作伴，另外还有黄羊、旱獭、鹿、狐狸，尤其是狼。姜戎的小说《狼图腾》出版后，曾有好事者考证说，东乌旗东北部靠近蒙古国的这一带草原就是"狼图腾"的故地，理由是作者当年插队落户的地方就是这里的满都宝力格牧场。

于是，为了发展旅游，当地便有人打出了这一旗号，把已经干枯的阿尔肖特湖说成是小说中描述的大泡子，只可惜至今影响有限。但我曾看过当年下放到此地的知青写的一些回忆斗狼灭狼的文章，描写了很多围狼、套狼、掏狼窝等惊险刺激的故事场景，内有"牧场狼灾严重，灭之方能后安"的断语，可见距今尚不遥远的三十多年前，这里还有大量的野狼生存。

今天，我们行走在这片已很安全的草原，不知该感谢还是遗憾。当年全民皆兵式的浩大行动，把狼视为敌人一般围剿歼灭，手段之多之残忍，后人闻之胆颤。不信，瞧这几句描述："有一次封洞之后，从旁挖通，以锹把探内，触之软乎乎，知肯定有戏，众皆兴奋。又挖一阵，听得狼崽之声就在眼前，便捋袖伸臂去掏，一只、两只、一连掏出数只，尽皆用铁锹拍死。"

感觉如何？刺激还是胆寒？

但知青们仍感叹"甚为狼害所苦"，而且"牧场灭狼之举措虽然不小，但荒山漫漫，可灭之狼，按比例说，几乎得一漏百，直是灭不胜灭。"

看来，当时局势下他们是为不能灭绝野狼而深深遗憾。这也说明，如今狼迹少见，并不完全是他们的"功劳"。据说，"某年大雪灾后，狼突然绝迹"。返城后的知青得此消息，竟慨叹"事情竟会如此，真是难以想象"。这样论来，当年倾力灭狼，该是替天行道了，可惜人力不能如天所愿，天才降雪灾亲力亲为灭之。只不过，天意到底如何，不是人能凭心推测的。是否应该反思，狼之消失，人能无过？联想到各大草原愈演愈烈的鼠害，生态链条的人为断裂难道没有警醒意义？（注：这两段内容中的引文来自中国工人出版社出版的草原知青作家邢奇的《老知青聊斋》中《打狼》一文）

现如今，除了调皮逗趣的草原鼠，无际的草原平静得很，似乎连掠过草尖的风都是轻柔的,根本不可能看到狼的身影。即便现在仍有野狼生存,依其昼伏夜出的基本习性,这日头正中的时辰,也不可能见其踪影,何况这一带草原草深且密,人走进去已没腰身,哪能瞧见极度狡猾的狼的动静。别说狼,身段更高些的野生黄羊也不曾见着一只,即使家养的绵羊也没遇到过一群,好像所有草原生灵今日集体隐藏,将偌大的舞台全让给了贼眉灵眼、举止神怪的草原鼠。

虽然身处这片号称全国保存最为完好的原始生态草原里,却一点没有惧怕狼的威胁,途中数次下车观景,怡然无忧。

除了路,看不到一撮黄土地,密实的齐腰深的青草漫坡遍野。身临其中,甚至恍惚大地上怎么还会有别样的植被。

大地一派盛装,恣意嚣张。

瞧,青草们的身姿一色碧油油的绿,头顶或高举碎小的花朵,或高举毛茸茸的秀穗。小花有白、黄、红、紫……姹紫万端,但都一律的小,小得甚至容易被忽略,但因稠密,因连绵,小巧的花就有了气势,修饰得茫茫草原仿佛披了件轻盈的华丽彩衣,在天光里荡漾起迷人眼神、润人心田的粲然风韵。

天地之间,无垠草原,几十公里甚至上百公里只有我们一辆车三个人,浩荡的绝色美景只供我们三个人欣赏,调皮机灵的草原鼠只为我们三个人添趣,该是一种多么奢侈的享受。

真想赤了脚奔跑,牧草是软毯,草原是舞台,草原鼠是玩伴。捉个迷藏吧,跟草原鼠,就在深草里藏躲,让大地苍天见证情趣纯朴的童年。

从满都胡宝拉格镇北行,再没路遇一个嘎查,更不用说苏木(嘎查、苏木为蒙古语,分别相当于行政村和乡镇,再往上的行政级别则为旗、盟、区,对应内地的县、市、省),就连展示文明标记串联文明薪火的电线杆都消隐了身影。

其实,这里本来就是野草和动物的传统家园,人类的不请自到,

不管借口多么堂皇,结果都是破坏和掠夺。

我们和轰鸣的汽车,何尝不是?

人稀草深,地势起伏更大,远远的似有山丘的轮廓,大大小小的水面不时在路边闪晃。水映天光,景色就有了更多的变幻。苍天真是偏爱此地,给了它满山遍野的绿,又给了它滋润生命万物的水,夫复何求?

每到这样的所在,我都要放慢车速或停车驻足,感受灵境般的自然生态。目染浩渺无边的绿,实在不忍心伸手触碰,怕世俗的手伤了草的纯洁。阵阵清鲜润心,夏天的味道被绿色降温。风拂草尖,晶莹一层亮白,仿佛秋意开始逼近。北方绿夏的丰盈,短暂得令人恍惚,恍惚得心疼。于是伸了手,试图把绿攒住,把草尖上的雪意拂净。

一只草原鼠立在不远处的草稞边,与我对视了两眼,神情略带庄严,仿佛正思考某个严肃的哲理。又一只从草丛里溜出,探头探脑一番,无忧无虑的模样着实可爱。它的轻松调皮似乎影响了一旁发古冥想的哲思者,后者抱了抱拳,告别一般,扭身追逐欢乐活泼去了。

草原鼠隐身无影,留下旷古般的宁静,宁静得只剩下漫野的牧草,在阳光里与风窃窃私语。

今日草原生灵集体隐藏

第五章 边关长

公路几乎平行着国境线向东伸延，往北走不多远，就是中蒙边界。脚下的大地，位于中国"金鸡"版图的"脖颈"上。视野无限，但脚步受阻，同样的繁茂绿色，妖娆原野，浩广辽阔得荡气回肠，却不能信马由缰地驰骋，我们只能若即若离地沿着金鸡版图，曲折绕弯，往"鸡冠"攀登。

当然，这里曾经奔驰过自由的马蹄，碾压过沉重的牛车，游牧过壮观的羊群，动荡与战火、和平与生活一次次被绿草湮灭。如此丰美的大草原，从来都不会缺少人类的足迹，最多存在时间和频率的差异。而今，如果不是公路修筑到此，这片纯粹天然的草原哪会走进我们一辆车三个人。

我们不是第一个，也不是最后一个。

只是，搭着兽皮的游牧帐篷不见了，曾经冉冉缭绕的炊烟早已被岁月剪断，悠悠嘹亮的长调也已被时间销偃。奔腾的马蹄声呢，是否已被风声和谐？连缀的勒勒车呢，哪里有轿车舒坦？好在，偶尔还可看到几间废弃的砖土房，点缀出曾经的文明印迹。如今，野草吞噬了砖土房的心脏，孤零可怜、面容哀伤。世代打马赶羊的蒙古人迁移去了生活条件优越的城镇，高亢悠扬的长调融散在了喧嚣的市声里。无可厚非，谁不愿意求好光景、过好日子呢？更何况，游牧方式的没落不会让草原荒芜。

我相信迁往城镇定居的蒙古人大多习惯了繁华的现代市井生活，正如他们的祖先从森林走向草原，从游牧适应农耕，文化冲突终究会紧随时代文明，逐渐式微消融，不变的是血液里流淌的直率、剽悍秉性。

生存方式的脱胎换骨，从来都在这片土地上创造着奇迹，人为的边关一直阻隔不住文明交融的脚步。当然，有和平的交融，更多是通过武力的征服，先进文化的魅力收服了骄横的金戈铁马。

匈奴人、突厥人从这里走向中亚，走到地中海，成了那片土地的新主人；契丹人跃马扬鞭平定北方，地跨长城内外的辽国政权延续了两百余年；拓跋鲜卑人、女真人、蒙古人、满人从这里入主中原，建立起强大的北魏、金、元、清；更多的民族寻不见踪影，风一样吹过历史，空荡得不留一丝痕迹。

从草原上崛起的民族，个个都是巨人，他们用蛮力征服自然，一切生活都体现成狩猎，哪怕为延续种族的娶亲，也多是以抢为嫁。但他们倒下的身躯大多销声匿迹。马蹄踏过，又是青草萋萋。尤其蒙古人，约好了一般不留东西。一代天骄成吉思汗，叱咤欧亚，威震寰宇，最终无声无息地躺进草原，后人至今找不到他的墓地。

也许，草原部落人的血液里，没有边关的杂质，风过草长，牛羊逐水，策马扬鞭，无处不是家园。好像只有女真人，在这片土地上留下一座不被后人关注的围墙。

感觉公路朝东延伸时，我开始注意搜寻女真人修筑的长城。我无法确定具体的走向和方位，只知道夯土筑垒的金长城仅留下一条略略凸起于大地的痕迹。好几次，看到远处隆起的地势，都以为应该是，心中油然生发些许感慨和激动，但每次都无法肯定。或许，已经从金长城的身边或身上越过，但却认不出它真实的容颜。

兼具防御和护卫功能的长城，历来被华夏统治者视为固邦传宗的招术，于是劳民伤财大筑大建。目前为止，至少有15个省区发现了古代长城遗迹。可以说，中国是长城最多的国度。当然，最有名

第五章 边关长　49

边关无形

丰美的大草原

气而保存较好的是万里长城，或称明代长城。

可惜，人们忽略了一条历史更久、长度更长的金长城。或许女真人建立的金朝一直没有纳入中国历史的正统，或许金长城的遗存较少而湮灭了应有的气势，才使金长城的名气不及明长城，甚或许多国人根本不知道有金长城。不错，残存很少的金长城，远看只是一条土做的高地，当年的敌楼、城堡被岁月的风霜消磨得只剩下座座浑圆的土丘，但它北到俄罗斯的赤塔，南抵黄河河套，东起长白山山脉，西达蒙古国这样的恢宏气势，是哪一座长城都不能比肩的。好在，齐齐哈尔市的碾子山区，保留了一段较完好无损的能代表金代建筑艺术水准的长城，并已开辟出中国首家金长城遗址公园，该是一件令人心悦的幸事。

一切都会成为历史，不管如何辉煌，如何撩动心神。在我搜索有关金长城的记忆时，它的身影没有真实地展示在我眼前，尽管我知道如今内蒙古和黑龙江的南端的交界线就是金长城的走向，但仍然只是知识和概念。刚才，路遇或跨越了它，却没有留下任何真实的影像。相遇金长城，在我的生命轨迹里，也成了一段过去的历史。

长城是边关的物象，它跟历史一样长，也跟历史一样真实得虚诡，最终成为概念和文化符号。

或许，我们的车辙，重合了无数民族迁徙的旧迹。他们之间何尝不曾反复地重合。历史如烟，传奇不朽。只是，他们是从东往西往南，我们是逆向而行，仿佛是去探溯他们迁徙的根源。

匈奴人离开了漠北，契丹人离开了木叶山，鲜卑人离开了嘎仙洞，女真人离开了白山黑水，蒙古人离开了室韦……迁徙从来就没有停止。一路向西向南，一路冲锋呐喊，一路刀光剑影，一路征服然后融入。

长城挡不住刀枪剑戟，更挡不住欲望，我甚至怀疑金长城的废弃是女真人的主动选择，坚固的边关在喋血的扩张面前完全失去了意义。不断占领，不断迁徙，不断融合，文化差异都可以消融，何必再垒建无用的土墙。

纵观每一个入主中原的民族，没有哪一个能摆脱与汉民族融合的宿命。为了控制中原，必须首先移民，鲜卑人、契丹人、女真人、蒙古人、满族人……无一例外。

女真人建立金朝后，曾多次将东北的族人迁往中原，大规模的迁徙就有三次。1134年，"起女真国土人散居汉地"，"令下之日，比屋连村，屯结而起"。（《大金国志》卷8）1141年，宋金议和达成后，金熙宗以屯田的方式，大举迁移女真人、契丹人到中原，"凡屯田之所，自燕之南，淮陇之北俱有之，多至五六万人，皆筑垒于村落间"（《建炎以来系年要录》卷138）。1153年，海陵王完颜亮自上京迁都燕京，"恐上京宗室起而图之，故不问疏近，并徙之南"（《金史·世宗本纪下》）。

南迁后的女真人，长期受汉族文化熏染，以至渐渐"好文学，喜与士大夫游"。金熙宗本人也不免"尽失女真故态"，"宛然一汉户少年子"（《大金国志》卷12）。到元朝，皇帝便昭令："女真生长汉地，同汉人。""若女真、契丹生西北，不通汉语者，同蒙古人"（《元史·世祖本纪十》）。

历史不断地重复。征服后的占有，野蛮俯首，政体、宗教、语言、服饰甚至姓氏，要么丢弃，要么接受，入乡随俗是聪明的生存法则。

废弃的金长城一定离我们不远，但我不再寻找。

猛然觉得视野里的景物有了改变，是树，单立的或成片的。没有注意到第一棵树何时何地出现的，不管突兀还是顺理成章，而这时，树已成了新的景观修饰物。实际上，植被的变化，是随地貌的改变而丰富的。不知不觉间，我们已从草原走进山地。可能本来和缓的趋势在人的感觉上却是突兀的，人的意识总要慢于客观的实在。

瞧，不仅有了树，左前方的山头上毅然立着一座堡垒式的建筑，顶端高矗的旗杆上，五星红旗猎猎招展。

一座边境哨所。山坡的那边就是蒙古国的地面，起伏蜿蜒的铁丝网依稀可见。咫尺之遥，我们离国境线这么近。不宜停留，继续

交头接耳的小麦

林间花海

前行。谁知,转过山头,眼前豁然,如一幅美丽的画卷展现在前方。

脚下是头举碎白小花、如毯似绵的草地,连接密匝匝的一片杉木林,紧接着又是绿油油的草毯,之上杂立零散的伞形杉树,树影后豁然铺展开绿得深沉而又齐整的大片麦田,最远处的坡顶覆盖着平展的翠绿的草原,一起把碧蓝的天空漂洗得洁净眩眼。植被差异明显,地势起伏波澜,色彩参差万端,共同渲染出一处大气磅礴的自然景观。

一路走来,这是色彩最丰富、层次最强烈、交融最和谐的一幅自然风景画卷,天设地造的大美，能把人的情绪激荡得只想振臂呼号，将满腔的喜悦和震撼抒发给如此豪爽的大自然。

不想走，真的不想走。这么美的景色，看多少眼都不过瘾，待多长时间都不嫌烦。哪怕化作路边的一棵野草，都心甘情愿。

妻子和女儿频摆pose、按动快门，意犹未尽。"走吧，呼伦贝尔那边，还有比这更美的景色。"她们信，但仍不舍，上车便打开车窗，仿佛一层玻璃的阻隔，会把窗外的美景变成海蜃。

大兴安岭峰谷绵连，波涌的草原如海浪止于岸，被巍然的森林取代。起伏的不再是草原，好像也不是山岭，而是舒展雄姿的茫茫林海。松、杨、白桦……以白桦居多，树干不算高，树冠茂密。阳光见缝插针，抚慰着林间杂草，参差的明暗损伤了白桦林的清亮和雅致。

顽强的野草潜伏进林地，如受气的小媳妇，被高大伟岸的树林挤压。野花摇头晃脑，一簇簇，一片片，身姿与树干争挺，笑容比阳光灿烂，携手并肩，团结得鲜艳斑斓，再不像草原上的花，碎小零散。

叫不出花的名字，色分黄和紫，呈串状，浓烈烈的。花秆及腰高，叶如柳，密层层的，棵棵无异而花色不同，勾人浮想联翩。假如气势壮成花海，真不知要醉伤多少游人。

路面突然变得坑坑洼洼，泥泞阻绊，即便减慢车速，仍如颠簸在波谷浪尖上的船，晃荡得疲劳的身子趋向散架。美景撩神，烂路伤神。人类的作品表面看不及大自然精致，实质上是人不如大自然厚道。

好在差路不长。树木渐渐疏朗，人类劳作的成果扑面而来。山间的坡地和平地再不是野草与野花的世界，大面

树成了景观修饰物

积的小麦、油菜、土豆连缀成片,招摇着炫目的喜色,散发着丰收的喜气。油菜花的盛期已过,小麦穗正伸展身姿,土豆稞绿得浓烈。亮黄的油菜花布展在绿野里,小麦如修剪了一般齐刷刷的交头接耳,芒针莹亮出饱满的神气。

山顶是树,高坡上是草,再下就是油菜、小麦或土豆。犹如多彩的瀑布,梦幻般流泻。

绿,绿得浓;黄,黄得艳;齐,齐得不可思议。

仿佛都害怕夏季的短促,不遗余力地抢先成熟。如果将它们的脚步拼接一起,就是一幅真实的风景画,一幅人类和自然共同创作的风景画,而这幅画铺展得十分广阔。一路欣赏,好像到了阿尔山市的五岔沟,这画卷才到尽头。

五岔沟名副其实,几条公路在这里交汇。离开303省道,转向203省道,路幅突然成倍扩展,路面平坦得犹如镜面,车速自然提高许多。但从这里到阿尔山市的70余公里,全是峰高谷深的山路,路旁林木森森,数处陡峭的山崖。到白狼镇后,一段盘山路着实考

植被差异明显

验驾驶技术。盘旋到山顶，路边呈现一处宽敞的停车场，正好停车缓缓劲。

  这里有一处人造景观。高高的山顶上，人工砌起石质的敖包，远看去仿如一个巨大的祭坛，彩色的哈达在山风中猎猎飘响。这座名号为"兴安敖包"的景点，位于大兴安岭的制高点，海拔1400余米。

  第一次见到这么大型的敖包，妻子和女儿脚带兴奋，拾级而上，绕敖包转了三圈，回来说："原来敖包就是石头堆啊，居然神圣得这么普通。"是啊，越是神圣的东西，外在的表征越普通，但却内含大奇大美大神秘大智慧，大到令人望之心生敬意而膜拜。

  敖包就是具象的代表。

  实际上，蒙古语里，敖包的意思，就是木堆、土堆、石堆。遍布蒙古草原的敖包，多数是由石头或沙土堆成，起初作为道路和境界的标志，后来逐步演变成祭神和祈祷丰收平安的象征。敖包上安插的柱状物，代表一代天骄成吉思汗用过的刀枪，镌刻着开疆扩土的辉煌；系挂其上的哈达，则表达了后人无限的敬仰。

敖包，已从最原初的道路和境界标志，演化成蒙古牧民心目中神位的象征，从而成为蒙古民族重要的祭祀载体。

金长城基本消失了，敖包性质演化了，但边关依然坚固。我们今天走过了四百多公里边境线，此后几天仍是紧贴它前行。长长的边关，带给我们无限温暖和安全。

砖土房点缀出文明印迹

第六章 阿尔山

阿尔山纯粹是为旅游而生的城市。

曾有不少去过的游客称她是世界上最小的城市,这个我不敢断定,但把她视为中国最小的城市应该比较有把握。如果 1985 年设立的云南省畹町市不在 1999 年被撤销,阿尔山的小只能排行老二。毕竟畹町的总面积只有 103 平方公里,市区也就一个多平方公里,总人口不到一万,而 1996 年设立的阿尔山市行政区域总面积有 7400 平方公里,总人口近六万人,相比之下差异十分明显。所以,若以行政区域的总面积论,阿尔山不仅算不得最小,恐怕比很多大城市都大。说它最小,是说城区的建成区面积。

阿尔山确实小,严格来讲,她的街区甚至连一个规范的十字路口都没有。一条南北向的主街,超不过三里路,唯一成型的东西向街道,顶多也就百十米,而且还是路已经修好了,临街的建筑物并没有填满,称不上是真正意义上的街道。如果把她跟所属的五个建制镇比,恐怕后者的建成区面积都不会输给她,最起码附近的伊尔施镇就超过了她的规模。如此说来,真有点小牛拉大车的意味。

但她看上去的确像一座城市,而且是非常现代化的城市,只不过袖珍些罢了。因为设市的历史较短,主街道两边的建筑一座比一座崭新,而且其建筑风格和审美导向颇有异域风貌和地方特色,尤其是墙立面和脊顶的着色,大都以鲜艳的红、黄、蓝为主基调,坐落在黛色山林和绿色草场环绕中,就显得异常耀眼。仿佛生活在此,每天的心情都能被润饰得充满阳光和幸福。

作为游客,走在这样的城市街道上非常舒服。哪怕慢悠悠的,走遍全城也不会花太长时间。没有挤压感,没有紊乱感,没有盲目感,不会不知所措,更不用担心迷路,无论怎么逛,回头望去都能看到来时的起点。

不用操心逛的内容,丰富得很,地方特产的商店,街头干净爽目的游园,深具异国风情的建筑,即便载客观光的西式马车,都能引你关注好奇欣赏,指不定你还会花上几块钱坐车遛达个来回。不仅如此,无论你抬头往哪个方向张望,视野里都是葱郁的山林和草地。驻足感受,你会恍惚得喜悦,身子既在繁华现代的城市里,又处青山绿野的大自然里,似有时空错移之感。

阿尔山就是这么美妙。

脚下的路是城市的街道,呼吸的空气是大自然的纯净,眼里的景色是繁盛和自然的无缝交融,如果多走一趟路,街上的行人都会如邻居般面熟。逛完了一座城市,你不会感觉到累,陌生感随着脚步的移动渐渐消失,仿佛整座城市都成了你的战利品。

假如感觉不过瘾,或者说仅仅逛街觉得过于单调,别急,有你去玩的地方。初到阿尔山,逛一下街只能算是热身,只能算酝酿情绪,否则,立刻浏览享受更美的景色,你的血压会暴升的。不信?不信咱也不能拿命做试验,咱还得慢慢来,这样游玩才能细水长流有滋有味。

毫不夸张地说,阿尔山的旅游风光可谓资源多、特色明、品质高,而且面广点多,犹如群星璀璨。温泉、冰雪、火山遗迹、森林草原、历史文化、口岸风光,大大小小数十个景区五十余景点。更可贵的是,不管春夏秋冬,一年四季都可欣赏到世界级的经典风景。

如果想看草原,当然是春夏,最美是七月,入秋则万山披彩衣,浪漫秋色醉煞游人。虽然冬季冰雪期长达近七个月,但银妆素裹、

城边的山野

冰清玉洁的冰雪景观实在无与伦比。游雪城、赏雪雕、坐雪橇、打雪仗、滑雪、戏雪、观十里不冻河、望千里雾凇、打雪上高尔夫、沐浴神泉圣水，哪一项都会让游人身处天寒地冻而热血沸腾。

如何，心动了吧！嫌时间晚了，明天就行动？不必等明天，即便夜色降临，正好去泡温泉，近在咫尺的事。不是奔波了一天了吗，正好让阿尔山独特的温泉洗掉一路尘埃、除去一身疲劳。

温泉就在城东的温泉街上，几步路而已，散散步就到了。但下池之前，先告诉你一声，要做好不怕冷的心理准备。虽说是温泉，但在48个泉眼中，温度低于25度的冷泉有25个，25度到37度的温泉12个，37度到42度的热泉10个，42度到48度的高热泉只有1个。最低的一眼泉水1.5度，最高的48.5度，高低温差达47度以上。如此分布密集且温差悬殊、功能各异的矿泉，在世界上都是极其罕见的。

前年那次随旅行团来，我们一行人慕名去泡温泉。刚伸脚试了一个池子，一帮人便哇哇叫开了，故意抖颤着身子纷纷跑向温度最高的池子，也是面积最大的泉池。虽说温度将近50度了，但北方山区夜晚清凉的气温还是令人觉得有些许寒气。随团的导游很敬业，详细地介绍温泉的功效和成分，主要是重碳酸纳泉、偏硅酸泉和放射性氡泉，另外还有硫酸泉、食盐泉、铁泉、明矾泉、硫磺泉、碘泉等等，内含丰富的氡、氟、锂、锶等人体必需的微量元素，浸泡其中，百利而无一害。众团友当然不是三岁孩子，也大都在别处泡过名副其实的"温"泉，知道温泉的好处但不是泡一次就能体现出来的，于是纷纷上岸撤退，临走不忘跟导游闹句玩笑："温泉有百利不错，但这样的温泉也有一害，冷。"虽说一害妨碍不了百利，但能把渴望谋取百利的人吓退，走了，还是现实的温暖舒服。

当然，这是很极端的例子，如果都像我的旅伴一样，这片温泉池早就关门歇业了。事实上，自从发现温泉并开发利用的几百年间，这处温泉群始终客源不断，并曾经被强权和强盗霸占过。

如今，在阿尔山市区有两座日本占领时期的典型建筑，一座是一直使用的火车站房，另一座就是位于现在的温泉疗养院内的三层欧式楼房的大和旅社。这座依旧保存完整而在当时是阿尔山最大建筑的旅社，是日本占领者特意修建的专门泡温泉的建筑物。旅社内共筑砌了五个水池，用管道将34号泉水引入池中，至今仍能使用。可见，虽然冷泉居多，水温趋凉，但泉水的功效是被世人始终膜拜的。据说，20世纪70年代末，吉林有一个体育教练身患严重风湿病，四处求医问药无果，来此洗浴几个疗程后，居然完全康复，并且当起了满场跑的篮球裁判。更神奇的是，有一眼泉水，病患者浸浴其中，五脏六腑中哪里有病，哪里就有反应，被人们称为"问病泉"。

所谓心诚则灵。浅尝辄止，抑或畏惧药苦不愿尝试而退却，肯定是享受不到润物细无声的功效的。况且，不远万里舟车劳顿来到此地，有此几乎独一无二的泉水，不去尝试着体验一下，多少都算有点缺憾。人生可尝试的事情本来就有限，何况对许多人而言，一生去阿尔山也就一次。去旅游本身就是对未知的世界作一次尝试性探访，泡温泉又何尝不是更为刺激的挑战？

那一次，等同伴们退却后，我安安心心地感觉着每一个泉池，从高温到低温，虽然浸泡时间都不长，有的只把双脚伸进去一会儿，但我没有半途退却，我甚至下到了温度最低的那座泉池。说实话，有种透骨的凉，但却不像冰水那样刺激。我相信，那股凉浸入了我的血液，化成无尽的精力，陪伴我身心愉悦地走遍壮丽的山山水水。

这一次，追赶着夕阳的余晖，我们一家人去看了阿尔山火车站。

这幢修建于1937年的东洋风格的两层建筑，用砖、木材、花岗岩和钢筋水泥混合建造。一层的外墙花岗岩砌面，二层有木格修饰，木漆淡绿，墙刷米黄，屋脊覆瓦，赫色水泥压缝，整体看上去结实坚固，以至保存至今仍可使用。

我指了指火车站，对女儿说："这就是当年日本侵占中国的最

漫山遍野的野草

挺拔俊秀的树木

好见证物。"然后又跺了跺脚下。"这条铁路也是,从吉林省的白城经乌兰浩特直修到伊尔施,他们的唯一目的就是掠夺这里丰富的自然资源,用来支撑他们非正义的战争。历史必须铭记,见证应该留存,子孙才能警醒。但有一点我们应该虚心,日本人对建筑质量的苛求和对美感的追求,值得我们在现代化的进程中思考和借鉴。"

真的,说到阿尔山的历史文化遗留,除了少量的金代和成吉思汗的痕迹,大部分跟日本人牵连,令人心头阵阵沉重。而且,每一处都粘连着掠夺和杀戮,迸裂出血腥和残酷,人类征服者的卑劣性和罪恶心展露无遗。

你看,从白城至阿尔山铁路,阿尔山要塞和火车站,南兴安隧道和堡垒,五岔沟要塞和飞机场,白狼地下兵营,等等,哪一处不令人联想到被杀害的生命和耻辱的民族灾难。

对于不大喜欢日本的部分中国人而言,稍稍感到安慰的,是阿尔山附近的诺门罕战争遗址。这处位于阿尔山市西北130余公里、中蒙界河哈拉哈河边的战争遗存,是20世纪30年代末日本关东军与苏联和蒙古军队进行的诺门罕战役遗址。

火车站

当时,双方投入战场的兵员20余万人,动用大炮500余门,飞机900余架,坦克装甲车上千辆,结果是死伤6万余人,其中日本死伤5.4万人。一些史学家称,这是世界历史上最早的一次大规模立体战争,因为无论空战还是坦克战,在当时的世界军事史上都是空前的。尽管这次战争中日本关东军731部队首次将生物武器应用于实战(细菌战),但仍没有逃脱惨败的命运,难怪日本人称这场战争是"日本陆军史上最大的一次败仗"。

面对强盗,自己窝心受气却无能力战胜,如果有第三者对强盗予以沉痛打击和教训,挫其锐气、伤其筋骨,逼其收敛锋芒甚至认输,自己多多少少都会觉得解气,不免会攥紧拳头咬牙切齿,下意识地

只有一条主街的城市

挥拳,试图痛打落水狗般给以致命痛击。如此胜利的旗帜上似乎也飘扬着自己的力量。虽然实质上是别人为你解了气,但心里止不住地痛快过瘾,甚至脸上都漾起灿烂的荣光。世人的阿Q精神,仿如流淌在血液里,润泽得生命母体充满生机。

算了,这个话题未免沉郁,还是跳出历史的纠结,到纯朴的山野里看看大自然的鬼斧神工和绝美风姿。森林草原营造的湖光山色,地壳运动凝聚的火山遗迹,才是阿尔山壮丽风光的精华。

从主街往外走几步就是纯粹的山野。前年第一次落脚阿尔山,时辰恰好傍晚,丢下行李便朝宾馆后的山上走,漫坡的野草修剪了似的,齐整整的,不忍踏踩,仿佛触碰一下都会残破它的容颜。如果望远,平展的草坡更像浓绿的绸缎,好想躺上去来一场梦一样的睡眠。绸缎铺得嚣张,汪洋般浩渺,玉肌般润柔,别说踏踩,触碰都不舍,好在有前人的脚步,一直上到半山,小城落在了脚下。

一坡连一坡,一坡望一坡,草举着花,花映着草,突然一棵耸拔的孤树,挺着伞状的头冠,招摇得气宇轩昂,而牧草不以为然,用磅礴的气势令孤树窘态生怜。

山顶山脊是树的领地,以松为主,秀秀挺挺的,你等我追,孪生似的生长。远看也成片,更成线状,沿着山脊威严雄壮,像极了纪律威仪的军队。高的树,矮的草,你邻我居,刀切般界线分明,共同装饰了秀美山野。

坡下的小城红蓝渲染,被绿树青草围观,被蓝天白云俯瞰,如娇惯的村童,野性里隐然几番憨顽。起了几缕轻烟,那是晚餐的炊烟,我一时恍惚了意识,现代城市的炊火比久远的故乡还逼真亲切。

我站在花丛边,草蝇飞舞,扰不乱醉定美景的心神。夕阳拉长了树影,树影暗转了草尖,炊烟朦胧,鲜亮的屋瓦多像儿时的家园。我情不自禁地坐下来,直到夜色落满身。

翌日一大早,我踏着晨露又上了山。不够,一次不够,两次也不够,这次来我又走向那里,那里是城市也是自然,别的地方找不到那种感觉。

西式马车载着我,马蹄的脆响不停地穿梭,夜幕的背景一直闪烁在相机的热情里。不管哪一座城市的街道,很难再见到这般优雅,哪怕是商业的闲情。你可以看做是旅游项目,但唯一的难道不是独特的风景?

还有一队骑马巡逻的年轻女警察,傍晚总是她们飒爽英姿最佳的舞台。听说过大连有一道女骑警风景线,这次亲身目睹阿尔山的精彩,确实爽目养眼。马走得俊雅,人坐得端庄,都透着威风,全显着礼容。游人聚拢着、尾随着,欣赏着美,感觉着喜,表达着爱,体味着庄严。

我们一家人坐在街边,餐桌搬到了室外。天南地北的口音,甜蜜了笑,热热闹闹、温温馨馨的气氛荡漾整条街。城市里的农家菜,自然里的大排档,繁华与清爽互映,霓虹与星月同辉,或许只有在阿尔山这样的城市才名至实归。

真像在自家庭院里享受晚餐,怡然,舒畅。真像!

第七章 火山湖

阿尔山的自然景观相对集中于三个地方——玫瑰峰和松贝尔口岸周边、天池镇周边、好森沟周边。前两处的旅游环境和基础设施较为成熟。天池镇周边最聚人气,这里集中了天池、石塘林、三潭峡、杜鹃湖、松叶湖、鹿鸣湖、金江沟温泉等名气大、景色美的景点。

可惜,通往天池镇的道路正全线大修,无情阻隔了我们一家人跃跃一游的热情。不然,两次光临的不同体验和感受,会让我的文笔更流畅、感受更丰富、描绘更精彩。

记得前年的那次畅游,印象中全程都是柏油路,路幅虽不宽但路况很理想,无法想象和难以理解仅两年时间路面怎么坏到非得大修不可了。也许确实损毁了,也许是为了提高档次,改变形象,但总不至于修路修得把许多游客阻挡在了景区之外吧。人们千里迢迢慕名而来,到门口了却不得进去一睹真容,哪是遗憾这么简单,骂你个祖宗八辈已经算客气的了。

当然,也许可能是因为沿途景色太美,我当时专注于欣赏美景,或者说被惊世的美景迷了魂魄,没有完全注意到路况。或许那时候已经很差,到了不修不行的程度。或者随着游客的不断增加,原有的道路设施已不能满足发展的需要,改善和提高刻不容缓。

不管怎么说,沿途的景色是足以迷人魂魄的。如果中间没有伊尔施镇,恐怕连思考感叹甚至交谈的工夫都没有,哪怕眨一下眼都觉得错失了美景，吃了大亏。车速已经不是很快，但同伴们仍多次要求司机慢点再慢点，数度央求司机停车。性情直爽的司机一边停车一边提醒："前面的风景更漂亮。这样停下去，我们跑一天也到不了天池。"并且刺激说，瞧这早晨的天气，阴沉沉的，一片蓝天都见不着，再美的风景也拍不出好作品。说不定，到不了中午就会来一场雨，如果雨过天晴，蓝天白云，傍晚时分我们返回时再路经此地停留，那时候才有你们大呼小叫的呢！"

真难相信，那天的结果完全被司机言中。在阴沉的天色里游玩天池和杜鹃湖，午饭后阴云密布，在石塘林的木栈道上遭遇到了第一场雨。稍有间歇，从三潭峡回程时淋了第二场雨。然后雨中上路回程，没走多远便云散天开，大地一派清新，景色醉疯游人。

世俗的旅游大都是奔向预定的景点，反而忽略和错失了旅途中令人击节叹赏的景色。也就是那一次那一天，让我彻底相信和认同，起码在广袤的草原，最美的风景在匆匆而行的路上。

路上风景不是路边孤寂的野花，错失了太可惜。

也就是那一次的经历，让我检讨和思考，要想领略和感受抑或捕捉草原的大美，最好的出游方式当选骑车。草原以外的风景也是这样的道理。

记不得具体的方位了，就在阿尔山到天池的路上，我们一车人忘情欢叫着下车，扑向大地，散向四野，融进天堂般曾经梦幻过的风景里。

朝西，近处是阔大的麦田，杂植了数行油菜；地势缓下，一条哈拉哈河，水清映蓝，冠状的树丛散落在河沿。过河是缓升的广辽的山坡，一色的麦田，平展齐整得犹如铺展的绿毯。有山包端坐河湾的右边，绿草披身，冠状的树点缀周边，一棵，一丛，一片，并不相连，如天神随意撒落的绿珍珠，将风景修饰得妩媚动感。麦田之上，山脊起伏耸然，绿草漫过山顶向远方绵延。麦田与绿草间，条状的树丛疏疏密密，有的沿山脊往上爬了一段，恰到好处地分隔

金色地毯般的油菜花田

出别样的景观。远山连绵,绿草装点,生机盎然。

　　往东,大片的麦田和油菜一直延伸到山脚,不及过渡,就是茂密的森林,将山地覆盖得不露一丝破绽。

　　油菜刚绽花朵,绿叶衬着,黄灿灿的如敷了一层鲜亮的油彩。小麦尚未抽穗,头脸饱鼓鼓的,偶尔露几根触须探视着未来的精彩。近看稍有参差,远观平齐如削,真让人难相信是大片大片的麦田。

　　天蓝得扎眼。洁白的云朵不断地从远山飘来,造型别致而顽皮。一会儿工夫,天空就被描绘得色泽生动、活泼可爱。大地万物则明暗斑驳,幻影飘逸,犹如天穹在跟大地玩耍着移天换地的神异游戏,把万物之灵的人迷惑得以为自己看到了天堂里的风景。

　　这样的景色不只这一处,只不过这里较为典型,深具代表性。而且,即便这同一方位,不同时间,不同季节,不同天气,甚至不

此景只应天上有

同心情，景色会千差万别、迥然异样的。回想上午经过此地时，不就没有这样的震撼吗？

从这个意义上说，风景，尤其是自然风景，是独一无二的，是无法稳固更无法复制。

所以，即使不修路，今年走过这段路时，也不可能再见到曾经的风景。假如那一片麦田和油菜不在了，改种了其他农作物；假如油菜花期已过，小麦都已抽穗，又该是另一种景象；天气呢，会作美吗？

那是唯一，一次亲历的唯一，一次无法忘怀的唯一。

往这个景区走，天池是一定要去的。当地人说，这是全国三大天池之一，但依我的比较，它没有天山天池宏阔，不及长白山天池神峻，它就像天神撒落的一颗晶莹的水珠，静静嵌卧在苍翠瑰丽的山巅。

　　这是典型的高位火山口湖,周边封闭,没有进出水口,地质学上称做"玛珥湖"。很难想象,几十万年前的火山喷发,滚涌的烈焰遭遇地下冷水的刺激,骤然产生崩天裂地的爆炸,最终冷却成水滴状的仙池。

　　从山脚拾级而上,484个台阶。沿路林木繁密,白桦和落叶松友好地分享着阳光和土地,将本来面积不大的湖泊掩映得更显窄狭。放眼望去,盈盈一池幽蓝,深邃而沉郁,仿佛天神遗落山巅的一颗蓝水晶。可是,没有裸岩,没有悬壁,没有高差,丰茂的林木、翠绿的水草又温存了视觉,丝毫感觉不到曾经预想的气势,平淡得心头隐隐生出几许莫名的气恼,仿佛费力攀登后的景色对不起气喘吁吁的付出和心驰神往的渴慕,有点划不来。客观说,从纯自然风光的层面讲,阿尔山天池正应了那句"看景不如听景",尤其是去过天山天池和长白山天池的,更会有刻骨铭心的感叹。

　　但中国还有句古话:"山不在高,有仙则灵。"阿尔山天池貌不惊人,却独特而神奇。比如,它表面狭小,却深不可测。曾有林场工人测试过,放进一端系上重物的绳子,300多米仍没探到湖底,深度至今依然是个谜。有人风趣地说,天池与地心相通着呢,不然,曾多次抛撒过鱼苗,却从来长不出鱼来,既无鱼跃,也无鱼尸漂浮,想必那些鱼苗齐齐游向了更适宜生存的地心世界,把万般疑惑留给了人间。因而,当地人惧于神秘,从没人敢进去划船,更无人下湖戏水。更为神奇的是,悬举在火山口的天池,没有河流注入,也无河道溢出,仅凭雨水补充,却久旱不涸,久雨不溢,水位多年不升不降,水净无比。诸多现象,不得破解,诱人遐思。

　　而且,这样的地方最容易产生美丽的传说。我试探着问导游,果如所料。说是天池形成之后,溢绿摇翠的旷世静美惊羡了天上的仙女,她们结伴下凡,在天池嬉戏沐浴,却被林间一头饥肠辘辘的恶狼盯上。恶狼伺机跃扑,叼起一位仙女窜入密林。正在附近狩猎

的蒙古青年安格正,听到呼救快步追赶。箭射光了,他用猎刀砍,猎刀砍断了,他徒手肉搏,最后拼尽体力,用双手死死掐住恶狼脖子,直到恶狼断气。仙女感激安格正的救命之恩,从天上带来一支金光耀眼的神箭赠给他。这支神箭只要搭上弓,射出去百发百中。消息不胫而走,传到了当地王爷的耳朵里。贪婪凶暴的王爷为得到神箭,带着一群打手找到正给乡邻分发猎物的安格正,不容分说,将他五花大绑,逼他交出神箭。安格正宁死不依,歹毒的王爷将他推下天池山悬崖,被及时赶到的仙女救起。安格正搭弓出箭,除掉了心狠手辣、作恶多端的王爷。被救的仙女爱慕安格正的勇敢正直,在天池边搭起木格楞,制作桦树皮小船,跟安格正过起了幸福美满的世俗生活。

不只这一个传说。导游似乎意犹未尽。"除了这座天池,这片山区还有十几个高位火山口湖,比较著名的有驼峰岭天池、双沟山天池、柴河源天池、银池、月亮池和地池,几乎每一座天池都流传着一个美丽的传说,想听的话我一个一个讲给你们听。"

我相信,我也想听。纯粹大美的自然,如果注入一定的人文色彩,便有了文化的品味。文化是档次的象征,想开发旅游的地方,没人拒绝与文化结缘,哪怕是附庸风雅。

天蓝得刺眼

上岸回程，走另一条山道。树冠连理，遮天蔽日，如行走在树枝搭架的绿廊里。突然，一抹亮色，眼前豁然，绿廊大方地伸展臂膀打开了天窗，人就被惊喜得走不动了。如一幅画，一幅大地万物齐心创作的画。浓烈的绿把眼睛拂煦得几乎湿润了。仅就景色而言，这幅大自然的图画远比身后的天池迷人，刚才所有的不适意刹那间就被这美景融消了。

树林从身边从脚下一直到山脚，然后还不尽兴似的继续在缓缓的坡地上蹦达了几下，疏密有间地将片片草地隔离着。再过去就是宽阔的谷地，绿草茵茵，一条小河顽皮地弯过草地，红顶白墙的民居连缀在河边。草地尽头，接起起伏不尽的黛色的山林，层层叠叠的，一目难穷疆域。只遗憾浓云蔽天，少了光影的调侃，意境损伤而失色。不然，该是多么完美的伊甸园。

杜鹃湖

就在这里，我体悟了一句话的精髓：距离产生美。人之互爱如此，观赏风景亦如此。比如山下的那片草地，真走近了，便感觉不到有多么美，反而由于植被的高矮杂乱不齐显出几分不耐看。但从山上望去，却是平展如绸，柔润如缎，与山林、河流、民居相映，呈现出荡气回肠的雄浑之美。

于是又想，身后的天池，越靠近越觉平淡，假如从空中俯望，但见苍翠山巅镶一汪碧玉般的池水，周围松桦葱郁，溢绿摇翠，定会是别样的雄姿风韵，说不定立刻会产生亲近它的渴望，甚至迫不及待。人的情绪就是这么有趣，外在环境的丁点改变都可能令一个人从闷闷不乐到喜形于色，或从暴跳如雷到温顺如绵羊。

离开天池，周边还有很多景点可去，但几乎都与曾经的火山喷发有关，除了形成于山巅的火山口湖，地面还有许多火山岩浆淤塞河道形成的堰塞湖，比如我们上次去的杜鹃湖，但令我印象最为深刻和难忘的是火山遗迹——石塘林。

杜鹃湖肯定与杜鹃有缘，那应该是春天的景致。夏天是碧绿的吧，秋霜后必然五彩斑斓，冬日结成一块冰，固体的杜鹃湖能凝结住远古的记忆吗？说她是湖，她却一直流动着，如果视为水面辽阔的河，她恐怕不会发脾气、扬波澜的。她前头响应着松叶湖，后头续继成哈拉哈河，越走劲头越足，越走伙伴越多，后来壮大成龙江，波涛成海洋。

而且，没走多远，半路上跌宕出个三潭峡。三公里，谷不深邃，峡不险峻，水不湍急，因怪石，因火山岩，宜人出独特的景色。卧牛潭、虎石潭、悦心潭，听名字就有点勾引人呢！当地人说，有些年份，烈日炎炎的六七月，峡谷里还能看到晶莹的冰川。我不怀疑，离此不远的石塘林除了火山的锻造，难保没有古冰川的威力。

到了天池景区，石塘林一定要去看看。

石塘林距离天池和杜鹃湖都不远，如今旅游设施和环境相当理想。为保护这片罕见的地质博物馆，景区修建了很长的木栈道。款

石塘林

步而行,第一感觉仿佛如走进了森林大火后的废墟里。满眼尽是巨大而破碎的块状玄武岩,黑森森地裸露,怪异嶙峋,令人不由得心紧,胆惧大自然摧枯拉朽、毁天造地的威力。

　　这些山石全是火山喷发后的岩浆流淌凝成,又经万年风化和雨水冲刷,形成千奇百怪的石塘林景观。俯身向前,不管多大的石头,都带着密实的气孔,曾经烧灼的痕迹依稀可辨。最奇特的是,在火山岩薄薄的土层上,居然旺盛地生长着伟岸的松树和白桦,而苔藓和地衣更把曾经灼热无比的熔岩包裹得如情人节礼物般鲜亮艳丽。石与林相伴,花与草相依,小溪清亮,水潭静谧,偶尔几声鸟鸣,和谐出奇巧壮丽、鲜活灵动、天工造化的美丽画卷。

　　这是大自然留给人类的最后珍藏。

　　这是阿尔山的远古留给现代的圣洁礼物。

　　类似的火山地貌在阿尔山广有分布,只是这一处最为集中和典型。大自然的无情恩赐,成为当今人们享受生活的乐园。虽然我们这一次未能如愿游览,相信交通条件改善会方便更多游客慕名而来。

　　出伊尔施去天池镇的路边,一座民用机场初显英姿。不久,阿尔山空中航线开通,那些深藏万年的绝美景观会在越来越多游人的光顾后大放神采,就连石塘林那些黑森森的嶙峋怪石都能发出越来越人性的幽光。

第八章 甘珠尔庙

一晚睡眠颇佳的休息,早起的时钟依然定在六点。出门惊喜,天空纯净瓦蓝,不着一丝云。空气有许许凉意,清新如洗,夸张地大吸一口,仿佛心魂都涤荡得清爽洁净。阿尔山真是奇妙,时时处处都能诱人增添对它的喜爱。

街道上几乎没有行人,一辆辆小车从各个宾馆旅店里驶出,往城外的青山绿水里奔去,自然形成了一支间隔有序的自驾车队。沿街的早点店生意红火,大多是自驾游客购买了带走,顾客虽多但秩序不乱,店主店员齐上阵,手忙脚乱却笑意盈盈。今天中途要路过两座县城,所以我们只买了早餐,边吃边上路。

出城就是个景点,五里泉。顾名思义,一目了然,就是距离城

甘珠尔寺庙

草原上的铁路线

中心五里路的一个泉眼。

　　前年来的时候，觉得五里泉离城尚有一段距离，这次来感觉几乎在城边上了。相信不久的将来，这处泉眼会成为城里的景观，但愿那时不要影响了泉水的品质和纯朴的环境。同样相信，即便成为城里的风景，名字依旧会叫五里泉，尽管不能再令初次去的游人顾名思义、一目了然。

　　人类就是这么有意思，初时极其具象极其贴切的一个称呼，日久天长会变成固定的名字，不管是否依然名副其实。比如一个人，小时瘦弱，小朋友有意无意喊了几声"猴子"，于是更多人喊起来，自己可能有所抗拒，无奈确实瘦弱而形象，更无法堵众人的嘴，于是忍受、默认以至习以为常，反而自己的本名极少被人记起。多年过去，哪怕这个人发福成了胖子，但熟人们绝不会改口称呼他"胖子"，"猴子"的称号已经印刻在记忆里，成为他名字之外的另一个名字。再过若干年，儿时的伙伴重逢时，一声"猴子"，无尽的亲切，大腹便便的他一定会拍打着对方的臂膀笑声朗朗。不管怎样，他就是"猴子"，"猴子"就是他。

　　因而，不管如今在城边还是将来在城里，五里泉仍旧会叫五里泉。

　　五里泉不是温泉，而是优质的天然饮用泉。因为离城不远，又

在路边,每天取水的人络绎不绝。泉眼处,砌筑了两方水泥池子,上下错落,泉水日夜不息。据说,泉水每天的自涌量达 1000 余吨,可谓取之不尽、用之不竭。对于远道的游客而言,这里是歇脚点,是加油站,饮一口泉水洗一把脸,再长的旅途都带着绵绵的甘甜。

　　车过伊尔施时,有条左拐的路,路幅不宽但路面质量很好,指示牌标明是去往松贝尔口岸方向。因为不在我们的计划之列,心里矛盾了片刻,还是没有左打方向盘。从有关资料上知道,去往口岸

层次分明的景色

收获后的田园

　　的沿路风景原始而壮美，尤其是界河对面的蒙古国山野，已被划定为世界级生物多样性自然保护区，丰富的动植物资源和独特的民族风情，不能不令人向往。随着口岸基础设施和交通条件的不断完善，这里一定会成为去阿尔山旅游的必到之处。

　　眨眼之间，就到了玫瑰峰。如果搁在别处，这样的景观可能不会引起游客的关注，可巧的是它坐落在了草地和山林之间，在林木葱郁和草深覆地的地方猛然升起几座犬牙交错、奇伟挺拔、寸草不生的石峰来，就引起了人们的好奇和兴趣，就成了大部分游客路经此地都要停留拍照的独特景点。

　　有山路可以攀登而上，但我路过两三次都没看到有游客上去。我想，站在上边，唯一的好处是视野更开阔，景色更壮观，但石峰本身不会再有什么奇绝的景观。这也就是说，登上山顶，不是为了看石峰景色，而是为了登高望远。如此，一路走去，很多高

女儿在玫瑰峰下

新巴尔虎左旗

处都视野辽阔,景色更比这里壮美,因而,在此登山基本没有必要。当然,如果你的旅程只到阿尔山,不妨沿石阶而上,感受一下起伏连绵的山岭、波浪翻滚的麦田、金灿夺目的油菜、苍劲丰茂的森林。那种感觉,肯定比平视和仰望更震撼你的心魂。

拍了几张照片,我们继续上路。车速无论如何也快不起来。昨日天池景区未能成行,归因于修路,今日去往新巴尔虎左旗方向,又遇全线修路,心里数度打鼓,担忧通行受阻。探索着前行,谨慎小心地绕过被破坏的路面,好在大部分老路仍在,只是时有损坏,新公路是在一旁新筑路基,整体比老路高出一大截。后来又向筑路的工人打听,全线都能通行,心里才稳实下来。

从地形、植被等诸多因素看,这一段路是最能出好风景的地方。它是大兴安岭向蒙古草原的过渡带,从山地、坡地到平坦无际的草原,除了山地林木葱葱,坡地大多开垦成良田,小麦、油菜、土豆等作物漫坡遍野。经常地,跃上一个高坡,四野景色奇绝,层次分明的林地、庄田、草地连连绵绵，绿的草和麦田，黄的油菜，翻耕的黑土地，色彩纷呈，如幻景。前年路过这段路时，我们曾数度要求停车，其中一处风景久久萦绕脑海。这次路过，精准地确定了方位，情绪激昂地向妻子和女儿推荐。

可是，前年的景色不再。油菜花谢了，小麦快成熟了，草地变黄，已有成堆的草垛立在起伏的原野，只有翻过的黑土地依然丰富着大地的色彩。是的，色彩变了，整个景观逊色了很多。而掐指算来，上次是7月6日，这次是7月26日，仅仅相差20天，大地的风物完全变幻。可见，季节、时间，对于捕捉到好风景是多么关键。

我试图搜索曾经的印象，指指那片油菜，还有那片小麦，把趋黄的草幻演成青郁郁的绿，给妻子和女儿描述20天前的景色。可是，再精彩的语言也很难改变眼里的真实，或许只有想象才能抚慰渴求大美的馋心。

"即使依旧壮观，却感觉不出你描述的那种震撼。"妻子掉头往回走。

这正应了那句话，看景不如听景。"几次听老爸吹捧这地方的风景，自己说得眉飞色舞，我们听得羡慕忌妒，真的身临其境了，反而平淡无奇了，还不如坐在车里听景呢！"女儿话带揶揄。

"都变了，什么都变了，季节、植被、光影、色彩，早来十多天，即便比不了那次的惊喜，肯定比现在美丽。"我意求自圆，弱了底气。

但没有遗憾，此处风物变幻，别处也在变，这种变就改观着不同的风景。原来平淡的变得秀美了，壮美的变得平淡了，尤其是草原和山坡相互交融的地段，常常能给不辞劳苦千里奔袭的游人意想不到的惊喜和感叹。比如几座蒙古包，比如远处山地上几匹静立的马，比如阳光下满坡的羊群，比如广垠的草原上一棵或数棵孤独的树，比如一片鲜艳的野花，哪怕是一座不大的敖包，衬映在绿毯般的草原上都是独特的风景。

等到视野里突然没有了树时，我们从山地完全走进了草原。眼下草原正走向收获期，浓密而厚实的草场不再是旺盛的青葱，草尖大多举一层热烈的嫩黄，摇头晃脑地仿佛在互相展示着骄傲的英姿。个别草地上可以看到牧民收割的草垛，滚圆滚圆的，不成规则地散布着。很少再有人力耕种的迹痕，茫茫大地尽是天然的草场，而且越往西走，草场越平阔，视野的无际仿佛能望到天的尽头。好多次，我将车子驶向路边的草场，沿着前人的车辙撒欢，尽管颠簸得五脏移位，但那种快意的酣畅令精神万分舒坦。

远远地，新巴尔虎左旗的身影闪晃在前方，蓝色和红色为主的屋顶在绿草浩荡的视野里异常惹眼。因了草原的空旷，看似近在眼前也要走上一段时间。我们在崭新的城市广场边停车，留了几张影继续向前。城区面积不大，前年经过时吃饭的小店一眼就认了出来。物换星移，仿佛只是转身再来。离身而去，是否预示着新出发，某一天又会回来。

出城后路况转好，平坦的黑色柏油路直直地伸向绿野，与水洗般的湛蓝的天相接，仿佛这样走下去可以直达天庭。天地造化，真难言说，谁能想到今日的天空这般纯净，不要说一丝云，难得的是那种湛蓝铺天盖地，没有高低远近误导视角造成的深浅，把无际的草原映衬得有了颜色。风过处，草伏波涌，浪涛滚滚，荡漾不息。

正走着，一座红柱白栏黛瓦的三层亭阁端然，右前方不远处又一座白基红柱红瓦的三门牌坊翼然。至此，路分左右手，左拐依旧是黑色柏油路，右拐是新修的白色水泥路。先下车，在两座标志建筑间留个身影。再右拐去往已在视野里的甘珠尔庙。记得前年路过时，只有牌坊，三层楼阁显然是新建。由于位处道路口，又身伟体壮，远远就可望见，成了更为醒目的景点标志物。

甘珠尔庙规模很小，静穆的气势被空旷的草原掠夺，但依然不失神性的风采，它是牧民的精神中心、草原的智慧道场。在油绿明晃的草原上，安详的神态比金灿灿的阳光还绮丽贞净。

寺庙附近正在大兴土木。西边的那达慕大会观礼台已雄姿初现，寺庙前的一座白塔轮廓见明，新围的寺院正整修路面，过不了多久就会展现新姿彩。

作为呼伦贝尔地区最大的喇嘛庙，甘珠尔庙在当地有着悠久的历史和深远的影响。这座由清朝皇室拨银建造，乾隆皇帝亲笔撰写"寿宁寺"匾额的寺庙，兴盛时期规模曾达到 11 座庙宇、4 座庙仓、100 多间伽蓝，建筑面积 10000 多平方米，喇嘛 4000 余人。后来，寺庙在诺门罕战争中受到破坏，但主体建筑尚存。"文革"浩劫，庙里经卷全被烧毁，喇嘛被赶走，佛像运走，庙宇被拆毁，据说最后只留下一扇孤单寂寞的庙门。直到 2001 年，当地民众在旧址上按原样修复，如今初见规模。

旷荡草原的一座小庙，按说特殊的地理环境应该少受社会动荡的滋扰，谁知在不长的历史里遭遇如此繁多、如此毁灭性的磨难。人类的虔诚和信仰，难道都像泥塑的佛神一样虚假？

修复的寺庙建筑，风格仍如以往，糅合了蒙古、西藏和中原汉地建筑特色，主供着释迦牟尼、官布、扎木苏伦等佛像。最初乾隆帝赐名为"寿宁寺"，后因珍藏《甘珠尔经》，得名"甘珠尔庙"，延续至今。修复的寺庙主殿红墙黛瓦，立明柱 46 根，柱表刻绘金龙盘绕。屋脊塑有象征佛教的铜制镀金经轮，其上镶嵌珊瑚翡翠等饰物。经轮两侧，各立镀金卧犬，象征佛教昌隆。前殿则红墙黄瓦，一派宫殿气象。屋脊中间塑立金制宝塔，屋檐各角吊挂青铜铃。前檐梁楣上，绘有玄奘西天取经图，衬以描金蒙古文的六字真言。

每一次走进寺庙，我总觉得那些塑像画像都在活着，只是演绎着不同的生命展示方式。我敬意诸神,更敬佩创造诸神塑像的工匠。我相信那些工匠都怀有佛心,他们精湛的技艺和灵感仿佛缘自神示。寺庙的建筑、装饰之讲究和精美,似乎都超越了传统的民居,人们把最理想的美好都奉献给了诸神。

几个工匠正完善寺前新建的白塔。阳光明灿,好像无数尊神正通过工匠的劳动驻留塔身,本来普通的白塔便注入了佛的精神。

寺庙里空荡肃静,除了零散的几个游人,没有烧香膜拜的信众,好像也没看到僧人,冷清得如一座不被人喜欢的纪念馆。数年里我到过无数座寺庙,哪里不是拥挤着各色人群,怀揣着各种心事,点燃着各式香烛。或许,甘珠尔庙还原了寺庙的本质,安静的环境才能安静俗世的心神。只要身体走进寺庙,不比面对佛像,灵魂早已安静得呼吸均匀。

不清楚神喜不喜欢热闹,依本意而言,寺庙应该是冷清之所。感化精神之地,热闹岂不让心魂更加浮躁?然而,物欲横流的俗世,携带了太多的诱惑,将人的渴望污染在神的殿堂。能有多少人手持香烛是为净心,又有多少人怀揣的心事只为礼佛?许下的心愿,有多少善有多少恶,有多少不跟私与利有关。无数的不可能,祈求佛神帮助实现。

一旦欲望无限,哪里还能清静。

上次来的时候,走马观花,我从侧面的一个小门走向了旷荡的原野,草天茫茫,仿如人生一般不知该向哪个方向。我绕着围墙行走,好像在朝西的方向,平坦无际的草原上突兀起一座高高的敖包,心

里不禁一振，油然的神圣感顿生。伫立良久，端起相机虔诚地将它存储在了有形的记忆里。因为面对它的时间太久太长，以至于先行上车的同伴等得焦急，不耐烦地四处吆喝寻我，最终领受了不少怨言。但不知怎的，那座敖包一直令我想起，反复揣摩距离神圣之地那么近的敖包，是否也该熏染了通神的灵气。直到有一次查看资料，得知甘珠尔庙附近的山上有一座甘珠尔敖包，而且还留下了一个故事：乾隆年间，有一年此地闹兵燹，焚抢破坏无度，喇嘛们怕《甘珠尔经》失落被毁，偷偷埋藏在山中；灾难消除后，取回经卷，便在山上建立了一座敖包，取名"甘珠花敖包"。可是，我无论怎么回想，都敢断定甘珠尔寺庙附近没有山，视野之内尽是一望无际的草原。而且，当年喇嘛们藏经也不可能奔袭到很遥远的山里去，更不会产生时隔两百年发生沧海桑田、山体消失的变幻。基于此，我更加感觉，我良久面向的那座敖包就应该是甘珠花敖包，因为它有不一样的神异的风采和气度。

然而，有一点我始终不解。当年，为什么会选择在这块空荡苍茫的草场建寺庙？即便最近的新巴尔虎左旗，距此也有20余公里之遥。如今看来，地势没有奇特处，方位没有独特性，就是那么普普通通、平平淡淡、随处可见的草场，竟然阴差阳错地成就了一段载入史册的辉煌。如果神灵在望，是否也感到纳闷呢？

后来我想，草原本身已经空旷，空旷得令人胆怵，隐然而生敬畏，心神因之谨肃，恰与寺庙的功用契谐。如果再置一座庙宇，岂不酿造更庄严神异的佛国意境？即便不信神，身处此境，足以触动魂灵，每一个走进的人或许都能感受到澄净的虔心。

这种揣测未免武断或异想天开，佛神的世界，凡人哪能洞悉。或许，佛界原本简单，是复杂的人积虑了。

有史料记载，这里最早是一座乌尔逊河畔的蒙古包小庙，就因为《甘珠尔经》珍藏于此，被皇帝恩泽，渐渐扩建成了影响四方的大庙。这般随意，真有点神乎其神的神妙。

虽然它不如别处的庙宇雄伟，也不及许多庙宇出名，但路过此地的游客还是很有必要拐进去看一眼，哪怕你出来后有不少遗憾。要知道，在空旷的草原上，这座犹如海市蜃楼的庙宇，会成为你旅途的航标灯，会让你疲惫的身心获得缓释，或许更能让你的心魂得到神奇的安慰。谦虚之态，会让你一路平安顺利，包括荆棘塞道的人生。

　　庙宇净心灵，安精神，流传信仰，吉祥生活，再急匆的脚步也有归宿。

　　走出庙门，我又回身双手合十，为我们一家人的草原行许一颗诚心。

草原正走向收获的季节

第九章 呼伦湖

离开甘珠尔庙继续西行。

天涯无际，只有一条路，总算有一条路，弯了几次后突然变得笔直。漫野的草原上，如果没有这条路，人真的很无措，不知哪里才是该去的方向。没有参照物，偶尔一堆蹿高的杂草，或许很快就要被打草机收割掉，视野的无限平阔令人茫然。可就是这样的所在，突然前方的路边上矗立着一棵冠盖有阴的孤树，旁边一位自行车骑游者正休息拍照。我们的车子飞驰而过，但瞬间的一瞥才看清是位老者，全副骑行装束，精气神十足。走了很远，我们还在议论，感佩老者一个人独行。

遇到老者的地方应该还在新巴尔虎左旗的地面，因为不久就到了乌尔逊河。这是新巴尔虎左旗、新巴尔虎右旗（或称东西旗）的分界线，也是连接呼伦湖和贝尔湖的脐带。未及近前，已觉得地貌有了大的改观。沿河一线，生长着宽幅不大的低矮灌木，在纯草的大地上显得非常另类。然而，这正是河水充沛的优越，似乎沿河两岸的牧草也比别处更加葱绿茂盛。河水清清，流速轻缓，波澜不兴。河道弯弯，如蛇盘曲在青葱的草地上。河面时宽时窄，可着地形地貌展现妖娆妩媚的身段。这真是大地的恩赐。在这渺无人迹的草原，有了水的滋润，自然万物该是多么的幸福美满。

逆水向南，可以溯源到又称"嘎顺诺尔"的贝尔湖。作为中蒙

浩瀚呼伦湖

两国的界湖，贝尔湖 608 多平方公里的水域面积，大部分在蒙古国境内，只有 40 多平方公里属于中国。贝尔湖收纳了哈拉哈河的清水，又通过乌尔逊河吐纳进呼伦湖，一部分活跃分子伺机混入达兰鄂罗木河，最终通过额尔古纳河、黑龙江注入了大海。河水从来不甘寂寞。哈拉哈河发源于大兴安岭西侧摩天岭的松叶湖，由东向西穿山泄谷在阿尔山的伊尔施镇附近流入蒙古国，后经贝尔湖又折回入境去了呼伦湖，得了个"爱国河"的称谓。

　　我从桥头下到河沿，伸手试了试水，不温不凉。舒缓的水声仿佛轻拨的琴弦，清脆悠扬。身处寂静旷邈的草原，有潺潺溶溶的河水润目洗耳，顿觉草原的寂静越发悠远深沉。这条被当地人称做"大河"的草原小河，在我生命里两次路遇，一次亲近，该是巧合还是幸运。掬一捧河水洗一把脸，清韵的水流淌得满头满脸，一股清凉透肌爽肤，仿佛一路干涩粗糙的身体全被温婉的河水浸润，不仅血液，

草原上远观满洲里

草原骑手

好像灵魂都跟着流动，天籁般的水声已在体内轻唱。

女儿则对附近的一群骏马感兴趣，慢慢凑过去拍照。这时我抬头远望，厚重沉实的大地起伏波荡，马群在烈日下装扮着生机盎然的草原。俄尔，热气腾然的路面上晃动出几个人影，迅速地朝这边移动，仔细看是三个骑自行车的游客，顿时吸引了我的兴趣，赶紧奔上公路举起了相机。

"从哪里骑过来的？"

"绥芬河。"

"出来几天了？"

"十多天了"。

倏然而过，健美的背影慢慢消失在公路尽头。

无法体味单车驰骋在茫茫草原的感受。自驾出游已经令我畅快无羁。速度的优势提供给我们更多的选择路程，让我们缩短时间，

湖边的敖包

却也失却了许多变幻莫测的大自然景观。或许，在这样的草原上骑下去，会产生慢性的审美疲劳，大美的景色会对人的欣赏毅力提出严峻挑战。所以，骑行草原，不仅要有健康的体魄，也要有承受得起美景对顽强心智的折磨。

因为，草原的景色变幻太快，很多时候令人来不及惊喜或者惊喜到疲劳。瞧，刚刚还一望无际的平展草原，突然在前方呈现一个高高的仿佛要通向云端的大坡，说坡是因为有一定的缓冲度，没有山的陡峻，但看高度和气势又确实像在爬一座山。路笔直，如果加大油门，真担心飞驰的轿车会刺破蓝天，直接开上天庭的大道。

这里是否应该属于所谓的宝格德乌拉山地？但爬到坡顶，望眼前方仍是平阔的草场，地势略略起伏陡添了无尽的宏廓气势。再走，草势弱了，人类活动的痕迹多了。望了几望，视野里就有了新巴尔虎右旗的影子。

巴尔虎是蒙古民族的一个古老部族,甚至比统一后的蒙古族历史还要长。从隋朝记载的"拔野固"到清朝初期的"巴尔忽",历代名称多有改变,直到清雍正时使用"巴尔虎",延续至今。后来,巴尔虎部族落地成名,区域几乎与呼伦贝尔重合,旷阔草原分成三足,设立了陈巴尔虎旗、新巴尔虎左旗和新巴尔虎右旗三个县级行政区。

进城的路正大修,车过处漫天沙尘。临城有一条发源于蒙古国流入呼伦湖的克鲁伦河,水势不小,但沿岸景观却大不如中途的乌尔逊河。或许是因修路,也可能太靠近城镇,有了过多的人类活动,失去了它原始的纯朴自然,尽管它更接近文明的人类,却感受不到应有的亲切。

时间已过12点半,我们慢慢驶进城,找了家饭店安慰肠胃。中午时分,骄阳似火,但躲进屋内便感觉不出热,即便这样,店家还置备了电扇,想来一年中也用不了几次。沿街的房子大多是新的,四五层高,风格中西合璧,但更突出西式外观,尤其是许多楼顶都饰有尖塔,而且外墙粉刷得五彩斑斓,活泼而鲜艳,仿佛酷爱歌舞

内蒙古第一大湖

的蒙古人，看一眼都觉得颇有风韵和动感。

饭后约半小时，我们拐向了呼伦湖边的金海岸景区，恍若又一次到了呼和浩特西北的希拉穆仁草原，虽然不像那里沙化得严重，但车后的滚滚黄尘灰蒙了不情愿的心情。

如果不是为了看呼伦湖，如果不是因为到满洲里的路程已不遥远，我们是不会去看金海岸的，尽管这里已被评为3A级景区。实际上，除了呼伦湖，这里的环境和设施实在不敢恭维。草场几乎被破坏了，景区内基本近乎沙化，一旦有汽车驶过，便是一溜遮日黄沙。骑马、游泳、在蒙古包享受地方特色美食，旅游项目简单明了。但退化的草原实在激不起骑马的兴趣。游泳需要充足的时间，而且沙滩并不像宣传的那么理想，加上我们刚刚吃过午饭，只有去湖边感受一下呼伦湖的广阔无边。

走在路上的人，常常会不经意间错过令人惊奇的景观，但也会刻意放弃一些人云亦云的所谓美景。偶尔，越是声名远播的景点，给人的失望越沉郁，那是对渴望和期望的迎头痛击，锥心蚀骨。但

因名气，总又觉得路过却错过未免可惜。所谓风景，没见过的就是风景。明知前有风景而忽略，我们的生命体验是否显得肤浅？于是，大部分人抱定了这样的理念：哪怕去了遗憾终生，也不忍不去终生遗憾。人，就是这么矛盾。

别多心，我的上述言论并不是针对呼伦湖。

呼伦湖是内蒙古第一大湖，中国第四大淡水湖，面积2339平方公里。立身湖畔，有瞭望大海之感，亲近大海之叹，所以当地的巴尔虎蒙古人索性把呼伦湖称作"达赉诺尔"，蒙古语"海洋一般的湖泊"之意。湖畔湿地连缀，芦苇波荡，鸟鹤成群，被学界称为鸟类资源宝库和鸟类博物馆。呼伦湖接纳了源自蒙古国的克鲁伦河、从贝尔湖流出的乌尔逊河，往北通过达兰鄂罗木河与黑龙江的南源额尔古纳河相连，成就了通江达海的水系，像母亲一样滋养着呼伦贝尔草原。

一个呼伦，一个贝尔，名字美丽得玄妙神秘。呼伦在蒙古语里意思是水獭，而贝尔的意思是雄水獭，两湖一南一北、一阴一阳。据说，历史上两湖中确实有很多水獭。

关于两湖的来历，一直流传着一个动人的故事。说是很久很久

以前,草原突然遭到风妖和沙魔侵袭,所到之处狂风大作,黄沙蔽日,美丽草原危在旦夕。当地人民被迫背井离乡,四处寻找新的绿色土地。在这关键时刻,天国派来了分别化名为呼伦和贝尔的一对天鹅。她们与恶魔殊死搏斗,取得胜利。为防止灾难重演,她们决定永久庇护这片草原,手拉着手变成了呼伦湖和贝尔湖。于是,辽阔的湖水阻挡了风沙,滋润了草原,孕育出灿烂的民族文化。

  我从岸上走下去,走向水位消退很远的水边。坡岸沙土很厚,有杂草繁衍。越往下走沙质越少,渐成硬实的板结地,但有连片的草,比岸上的草场还旺盛浓密。近水岸碎石块覆地,一直延伸到深水里。看来,这般的水岸,与金海岸的名号和宣传的松软平坦的沙滩,有着巨大的差别。走上亲水栈桥,把自己的身体空悬在完全的蓝色水面之上,极目望远,这才有了阵阵空灵般的畅快。可惜远天没有成朵的云彩,可惜不是清晨或者傍晚,纯蓝的天色和几乎一色的湖面空荡得有些恼人的单调,单调得实在无趣,只想赶快离开。

  这是怎么了?在景色单一的旷荡草原上奔跑了大半天,突然遇到一碧万顷的湖水,却没能勾起舒心畅意的兴趣。是身心疲顿了?

还是景色变幻了另类的单一？那是一望无际的蓝呀！那是海一般辽阔的湖呀！

我沿着水边慢走，几次想赤脚，但硬砺的砂石吓退了亲水的心劲。天空很静也很净，无云无风，水波轻漾，清澈无比。有一家三口挽起裤腿到水中拍照，走进去很远，水深不及膝盖。如果再往里走呢？还会都这么浅吗？呼伦湖最深处才八米，那是以前的数据，如今呢？

回头看，岸线显然往湖内退了很多。真担心还会一直退下去，哪怕速度慢一点呢。落在凡间的天鹅，会舍得离开这片草原吗？

水退了，草必然枯，生物链条会断掉哪几截呢？

又一辆小车扬起一路尘烟停在岸上，我的心一阵痉挛，骂了句浑蛋，像骂自己一样没有负担。我们的车也停在那儿，沙化的尘埃里飘着我们的罪孽。

大自然再慷慨，也不可能放任人类的过分。好在人类的脚步还不太频繁，多一点自然，少一点侵扰，呼伦湖的寿命或许能延续得长一点。

但愿我的忧虑缘起于有点疲乏的心情，未来的未来，水干草枯的灾难不会降临呼伦贝尔大地。

如此纯净的蓝天下，不该有沙尘；如此葱绿的草原上，不该有枯水。

金海岸没有给我留下好印象，我很遗憾。就现有的景观而言，这里应该保护和经营得很好，起码比现在要好得多。我期待并祈祷。

这里距右旗县城不过30来公里，位置相当优越。相比于名气稍大些但距离太远而且交通条件较差的成吉思汗拴马桩，远道来的游客大部分选择拐向这里。从这个意义上说，景区应该把植被保护好，把沙质的海滩保护好，把金海岸的名字维护好，不负盛名，不令慕名的游客太过失望。

从右旗到满洲里大约130公里。前两年新修好的203省道路基明显比两边的草地高出一大截，想从公路上开向草地十分困难，而且有一定危险，或许起初的设计理念就有保护草地的因素。沿路地势起伏不大，似乎往西渐高，向东相对平坦，遥远的地平线经常呈笔直的一条直线。草不深，多呈小巧的墩状，空隙的土质是颗粒沙土，见风也基本不起沙尘。挨着地皮远望，尽是茁壮的绿草，感觉不出有细碎的沙地露天。

前年经过这段路时，就曾下车走进草地，得知这片草场里野生韭菜很多，细弱的身子一簇簇的，拔一棵品味，绵绵的淡淡的清香略带辣味，久之则觉出软和的涩，并不麻燥。当时想，这里的牛羊一定体健精神，性烈威猛，说不定肉质都含有淡淡的辛辣味。

沿路经过几个乡村，草原上的房舍也时有所见，越靠近城市，人类活动的痕迹越明显。在离满洲里不远的坡岗上，我们停下车，远远地观感这座草原上的国门边城。一目了然的深具异域风情的城市和近在咫尺的飞机场，给人一种敞开心扉喜迎宾客的豁达感。大国的风貌和气魄，在这里一览无余。

新巴尔虎右旗

金海岸观海长廊

第十章 满洲里

一座典型的草原城市，站在空荡的草原远看，仿佛天神布设的海市蜃楼。没有城墙，没有郊区，街道直通无垠草原，繁华和空寂一步之遥。

兴盛的满洲里城区很小，但名声很大。

以城区论，东西向的街道不过十条，南北向的街道也超不过这个数，而且并行的两条街之间距离相当近。因为街道少，名称也简单得爽快，直截了当地以数字命名，从一道街数下去，目前最多数到六道街，再想找七道街就得跑到草原上去了，显然是没有了。这样小巧的地方，当然盛不了几个人，满打满算城区人口超不过七万。

然而，这却是一座具有国际意义、昭显国际范儿的城市。从它的市中心往西不到 10 公里，就是俄罗斯；往西南偏一些，就是蒙古国。三国风情交聚，中西文化相融，素有"东亚之窗"美誉。

很早的时候，这里叫"霍勒津布拉格"，当然是蒙古语，意思是旺盛的泉水，据说缘于城北的霍勒津山有一口四季喷涌的清泉，可以想象当年该是多么令人向往的水草丰美的福地。1901 年东清铁路修建，俄罗斯人给了个"满洲里亚"的名字，译成汉语便有了今日的满洲里。

自从铁路修通，百余年来满洲里一直是欧亚大陆桥的咽喉要地，

第十章 满洲里

41号界碑和俄方哨塔

夕阳下的满洲里

如今更成为我国最大的陆路口岸,近三分之二的中俄贸易从这里出入关。因其经济地位显要,小小的城市居然拥有两个国家级的开发区,都与边境贸易和经济合作紧密相连。不管什么时候到这座城市,无论走在哪条街道出入哪家商店,成群结队的高鼻梁、蓝眼睛、金黄头发的俄罗斯人都会令你产生仿佛到了国外的恍惚感。瞧那些饭店商店、不少名字都用中俄两种文字标识,甚至俄文字体更显夸张而醒目。再瞧街道边,停靠的车辆大多悬挂俄国牌照,中国牌照的汽车成了街头点缀。

再瞧建筑,几乎每一幢楼房都展露着鲜明的欧陆风格,尤其是门窗造型和尖顶的屋脊以及色彩丰富的墙面。街道不宽却精致,广场不大但讲究,步行街不长然而热闹,俄罗斯风情的商品占据着商场柜台的显要位置,就连具有城市标志地位的旅游景点——套娃广场,都是以俄罗斯传统工艺品套娃为主题造型。难怪被称为是一座独领中、俄、蒙三国风情、中西文化交融的口岸城市。

满洲里人自豪地说,我们要建造这样一座城市,让每个中国人到满洲里都有出国的感觉,让每个俄罗斯人到满洲里都有回家的感觉。

真是温馨又大气。

除了感受独特的城市建筑风貌和民族风情,国门是必去的景点。气势伟岸地端坐在中俄边界,横跨欧亚铁路上的第五代国门,是目

老火车头

铁路口岸和国门

又一种国门

前中国陆路口岸最大、最气派的国门，不管近看还是远观，都令人心潮翻涌、扬眉自豪。

走上五道街（也是301国道），略偏西北，一忽儿便出了城，不到8公里就是国门景区。路宽车少，视野辽阔，好像要去观瞻显示国力的实物象征，觉得神圣，不免激动。沿路建筑物有渐渐塞满之势，蒙古包造型的体育馆很快就会摆脱形单影只的局面。国际会展中心初展雄姿，新开辟的公路口岸气度不凡，尽显大国风范。临近国门的中俄互市贸易区初现规模，基础设施及

女儿站在第二代国门下

环境日臻完善和改善，纷至沓来的游客令往昔冷清的国门热闹非凡。

停车购票，步行前往，远远地就被宽展雄威的乳白色国门震撼了。两座主体九层高的敦实的楼式建筑，顶上连接宝塔式七层楼宇，最上端舍尖取平，更显庄严。主体建筑的最上三层之间用宽大的密闭式廊道连接，其下的穹道中铺设两宽一准，同时预留两线准轨铁路。廊体之上，嵌挂国徽和"中华人民共和国"七个鲜红大字，整体看去英姿雄健、威武沉稳。

从国门里放眼望去，极目尽是蓝天，碧草连绵。一线划定，竟是难以逾越的神圣国界。穹廊对面，俄罗斯国门近在咫尺，但规模和气势远逊于这边，只是俄文国名横贯于建筑上，引得不懂俄文的游客指指点点。如果登上国门，对面俄国境内的小城贝加尔斯克尽收眼底，稀疏的建筑和广袤的草原不免令人感觉到几许冷清和苍凉。

一条铁路从雄伟庄严的国门下出境，轰隆隆碾过草丰林茂、人烟稀少的西伯利亚，直抵欧洲西海岸。遥想当年，威武雄壮的蒙古铁蹄，也曾是从这里出发，向西，向西，一直向西，征服了辽阔富饶的欧亚大陆。一个点，射出的几乎是同一条线，将不同的文明串联，只不过一个和平、一个武力，沉淀的历史被游人喧嚷得波荡起伏、面露喜色。

建筑里开设有国门历史展览，大部分游客走马观花，最终在一楼的商店柜台前久久流连。商品大多呈俄罗斯特色，与中俄互市贸易区商店里几无差别。更多的游客欢挤在国门南边的小广场上，挨个在前四代国门的模型前留影纪念。从俄方所立的双头铁鸟的木桩，到刻有"中苏门"的木刻的拱形门，再到第四代的宏大水泥建筑，历史的脚步清晰可辨。

站在这里东望，远远的有飞机场，近处是高耸的边防岗楼，西望则是国境线和俄罗斯国门。从国门西边绕过去，等于沿着国境线行走，41号界碑就立在国门北边。1993年以前，这个位置是中俄两国贸易往来的客货混用通道，之后异地新建了公路口岸，这里便立了一桩面向中方的41号界碑。作为神圣领土的象征，每一位游客都会神情威严地拍照，而界碑后不远处的俄方岗亭，小巧而简陋的身姿正好成了若隐若现却意象分明的背景。

再往东走，就是和平之门广场。广场中心耸立一座白色钢质的雕塑，M的造型跟汉字的门相仿，同时又是满洲里三个字的拼音、俄文、英文的第一个字母；顶上的圆形球体象征地球，蕴含国土有界但与世界相联的意念，代表了中国人开放的胸襟；展翅的五只鸽子则代表了和平，祈盼与各国人民共同进步和友好交流。广场周边塑七组历史浮雕，展示着满洲里漫长的历史画卷和对未来的美好憧憬。

周边花坛环绕，步道齐整，西域风格的雕塑和亭廊衬托得景区些许洋气，但路边一排蒙古族特色的木轮车又把氛围渲染得古朴素淳。不远处，一片红墙红顶的房子颇引人注目，那是前些年新辟的红色旅游展厅（原为满洲里中苏会谈会晤室），以翔实的资料和实物展现了20世纪中共早期领导人通过这里的红色国际秘密交通线去往苏联的历史，成为大部分旅行团固定的参观点。

附近的火车头广场也满有看点。或许，乘坐过高铁的人可能看不上陈列在这里的破旧的黑不溜秋的老式火车头，但这台1940年日本制造的"亚西亚"型蒸汽机车，却有着许多鲜为人知的故事。

据说，建国初期，毛泽东就是乘坐这台机车牵引的火车出访了苏联。机车的号码标注为1861，前两个数字代表的是满洲里到俄罗斯后贝加尔斯克的距离，后两个数字代表了毛泽东当年对这辆火车的司机长说过的六个一定：一定要与苏联同志搞好友邻关系，一定要注重少数民族地区的相互团结，一定要保障军用列车的安全，一定要多学文化，一定要克服天气寒冷带来的困难，一定要注意身体。之后，这台机车一直驰骋在祖国的钢铁运输线上，直到退役并永久地陈列于此。当地人亲切地给了它"满洲里号"的称谓。

当然，最聚人气的景点是俄罗斯套娃广场。第一次接触套娃并感觉到它的有趣可爱，就是在满洲里，就是在这座全国独一无二的套娃广场，以至于前年第一次来到满洲里时，带回去的唯一纪念品就是套娃。这次带妻子女儿来，套娃广场是无论如何都要去的。

远远地，高达30余米的主体建筑大套娃就已映入眼帘。这座目前世界上最大的套娃，实际上是一座内设俄式餐厅和演艺厅及商店的综合楼宇。其外部墙体绘有三个美丽女孩儿面相的彩图，形象夸张而可爱。正面的女娃代表中国，东西两面各代表蒙古和俄罗斯，女娃的服饰和面容一看便知来自不同民族，充分体现了满洲里地处三国交界的地缘特色。

在周围的场地上，散列着八个八米高的功能性套娃和两百个小套娃，均按各大洲的顺序排列。套娃上的彩绘图案则以民族服饰、名人画像、特色建筑为主，展示了不同国家和地区的历史文化与民族风俗。大套娃前是音乐喷泉，周围塑造了代表中国传统文化的十二生肖和代表西方占星文化的十二星座。再扩展开去，还有 30 个色彩缤纷的俄罗斯复活节彩蛋和近千盏彩灯。

行走其间，只觉异域风情浓郁，于观赏中得知识，娱乐中求趣味，不说迷人忘返，但也令人流连。

初识套娃深感好奇，后来才知寓意深远。比如你中有我，我中有你，互相关联；比如多福多贵，多子多孙。无不寄托着相互尊重、美好向往等愿望，给人无限遐想，甚至想把许多美好祝愿先放进套娃里，等到某一天打开时得到无数惊喜。不同的民俗和文化，很容易让人产生兴趣，难怪建成后游客不断，成了满洲里标志性的旅游

套娃广场

俄罗斯民族风情

景点。

　　夕阳西下，长长的身影投射在宽阔清爽的公路上，无数宝顶的高楼在柔和的日光里闪幻神姿。仲夏的满洲里，白昼时间延长到晚上九点多，月亮早已迫不及待地挂在天际。一望无际的绿色草原，被晚霞漂染成一层金黄，即将沉隐的火球把边城装点得情趣盎然，远望如一幅精美的异国风情图片，引诱得众人驻足感叹、浮想翩翩。阳光不再灼热，但灿烂依然，伴着草原清凉干爽的晚风，如成熟而庄雅少妇的手，抚慰着游人渐趋疲乏的身心。

暮色中的天空蓝得有点失真,寻不到一丝云彩点缀,这是出门后所遇到最好的一个天气,但总想天上能飘出几朵洁白的云,该是更加圆满的旅途。

人,怎么才能满足,但渴望更好,是否预示着积极的追求?然而,真正放松下来,我再没有体力支撑积极的心态去感受满街的异域风情。

去吃羊肉吧,满洲里的羊肉可是没有膻味的,最好吃烤羊排。选一家特色店,一边看店主人将拌匀后的鸡蛋清白糖、果脯、麻仁裹上羊排,放进油锅里炸成淡黄色,然后再撒点熟芝麻,阵阵香甜酥脆早已惹得人馋涎欲滴。

鱼匹子也要尝尝,地道的满洲里味道。当然西餐也有,但西餐馆里坐着的更多是中国人。西餐馆本来是为服务俄国人而建,中餐才是国人的本分。或许都好奇,俄国人要品品中餐,中国人偏爱西餐,借鉴融合,国际了满洲里的餐饮。

解决了晚餐,妻子和女儿去逛街,我回宾馆养精蓄锐。

实际上,无论是夕阳下还是夜色中的满洲里,都很值得慢慢去欣赏、去感受,尤其是对长期生活在内地的旅客,边陲独特的多国风情不应只是走马观花、到此一游。去逛一逛颇有异域特色的商店,选一选异国情调的商品,说不定会在餐厅不期而遇一场俄罗斯民族歌舞。哪怕是在街上悠闲地遛达,看到遇到的人和物也是异样的新奇。而且,不像走在大城市的街道,盲目得无所适从,小而繁华的满洲里让人舒心轻松。

但我实在要躲进宾馆休息了。明天,依旧有几百公里路程和更美的景色,体力和审美的考验不容轻待。

第十一章 人造景

虽然知道今天的路况很好，而且满洲里到呼伦贝尔的180公里，全程是崭新的高速路，但考虑到路上风景太美，能停留和值得驻足的景点也多，于是早晨仍早起赶路，只有在停车观赏风景时休息一下。

拐上五道街，一路笔直向东，很快出了城，大草原的面貌再次环绕身边。但显然与昨日不同，沿途人类活动的规模和频率明显增多，不仅是建筑物，更有大型的矿区。记得前年从扎赉诺尔去呼伦湖，沿路不少坡地被密密麻麻的低矮破败的棚屋覆盖，那是矿工们临时抑或长久的家。说句实在话，我还从来没有在哪个矿区见过那么多破旧集中的棚屋，当时就为矿工们生活在如此简陋且卫生状况差的环境里嗟叹不已，唏嘘无言。

草原和棚屋、宏阔与矮小、美丽与丑陋、生存的反差与别扭在这里汇集，让人慨叹。

这次路过，我们一路向东，没再拐向呼伦湖，不知那些连绵的

棚屋区还在否？眼不见，心里多少会平静些。但面前是葱绿的大草原，想想那些简陋破败的棚屋是在碧油油、青郁郁的草原里垒搭的，一种生存的本能和必需，却与纯然的草原有种莫名的不和谐。是自然的无情还是人类的过错？那些开挖的矿区难道不是大地的疮痍？

人类创造了新的产值，草原不会为之欢呼的。

我的车速很慢，不是在找寻低矮的棚屋，而是时刻关注着左侧是否有可拐的路口，哪怕是一条石子路，只要能走汽车，我都会义无反顾地探寻过去。是的，我想沿着额尔古纳河东岸往北，经黑山头去室韦。这条线路对我太诱惑，这段路上的自然风景太令我期待和憧憬。如果这时有一辆山地自行车，很难说我不会冲动地丢下汽车，骑着单车走向梦幻多次的风景。可惜，我没有发现一条能走汽车的路，我的希望就这样慢慢地被耗蚀掉。但不死心，当看到一座尚未启用的加油站边停着一辆警车时，我毫不犹豫地拐过去，疑惑得两名警察怔怔地看着我。听罢我的询问，警察语气坚定地说："没法走，没有通汽车的路去黑山头，只能走呼伦贝尔过去。"

那就死了心吧！那就等以后通了公路再来，一定来！

天却是阴的，别说阳光，连整块的蓝天都难见容颜。草原的天，孩子的脸，瞬息万变，何况一个晚上的风云转换。想想昨日对纯净蓝天的不如意，真该责怪自己的贪心了。什么事情能尽如人意呢？就说这云层吧，薄薄的一层，说不上黑，也说不上白，而是稀疏有度的墨蓝，杂染丝状的灰。假如起一阵风，保不准就能吹散，吹成朵朵白云，散淡地飘移，大地便有了层次分明的色彩。可是，假如

草原高速路

纯粹的草原

这一阵风吹聚了云层，不就乌云压顶，大地失色了吗？满足吧，这样的云层不也是一种风景吗？

记得前年从此路经过，正好跟今天反向而行，那天就是蓝天块块、白云朵朵，而且天蓝得纯净，云白得纯洁，引得同伴们大呼运气真好，几次三番要求司机停车观景。要知道，那一次是我们到呼伦贝尔草原的第一天，出城即见到如此壮美的草原，尤其是蓝天白云装饰下的草原，欢悦的情绪是可想而知的。如果是今日这样的墨蓝天色，草原的美会失色很多，说不定还会给曾经梦牵魂绕的期许蒙上一层淡淡的失意。

这次我们不会，毕竟已在草原上行走了三天。不同的草原，不同的天气，是天地赏赐给我们的不同风景。经历不同，才显丰富，才能在差异中体味绵长的无穷无尽的美。因而，应感谢天地、云雨、花草，感谢擦身而过的万物，是它们相伴旅途，给了我们滋润身心

汽车飞驰在草原上

的快意。

　　路几乎笔直,平坦如镜。但地有起伏,坡地长而谷峰短,竟显气势。这样好的高速公路修筑在这样好的草原里,不知该庆贺还是悔憾。文明与方便从来携带着改变和破坏,人类的享受总以万物的牺牲和痛苦为笑柄。好在草原的伤痕只是一条黑色的路,曾经受摧残的植被已恢复到路沿,黑色的延伸夯实了沙壤的土地,没有背离草原固沙蓄养生命的本意。

　　后来观察,这条宽敞的公路完全不像内地高速的模样。相向的两幅路面间距很远,好像没有隔离网,雨水沟也很浅。是否草原的空旷辽阔,消弥了死气沉沉的规范?严格讲它不是高速公路,但比虚名的高速更能高速。还有开阔的视野,还有绿意盎然,怎么行走都酣畅开怀。草原把它当做了风景,人造的景观,因改变和破坏而亲密无间。

人与自然，哪怕是相互改造，也应该改造得和谐。当然，这是美好的期望，因为即便人与人之间，都很难达到理想的和谐。

不知不觉间，前方的高坡上一片白色的蒙古包，错落有致地点缀在浓郁的绿野上。我知道，巨资打造的呼和诺尔旅游点到了。前年路过时，我们停在路边远观，这次经过依如从前。可巧，就在停车处，一群色彩斑斓的奶牛正闲适地吃草，眼前的景物便丰富成花牛、绿草、湖泊、蒙古包，可惜没有蓝天白云，不然岂不绝佳。其实，神祇还是很眷顾我的。两次造访，那一次不仅有蓝天白云，湖边集聚着两群骏马，湖对岸的草场上则遍布着身上开满花朵的奶牛；这次又见，而且距离近在身边，真要怀疑天作机缘了。

一个骑马人从草原远处走来，携一路草原风尘，仿如一尊移动的荒野。黝黑的脸庞，被风雨打磨得粗糙健朗；灼亮的眼睛，被日光烧炼得热情和畅。

"不进去看看？"他指了指那片白色蒙古包。

"是你的？"我好像问得有点不怀好意。

"是他们的。"他调转马头指指远方，"我的包在那边，很远，看不到的，没人去，好地方给他们占了，钱给他们挣了。"

我朝草原深处张望，茫茫一色，看不到蒙古包，仿佛被纯粹的自然融解了，被久远的传统凝滞了。

"在坡的那边的那边，这里看不见的。"他遗憾着我的遗憾，想象着我的想象。"那里也有水，河水，清得能当镜子。草比这儿深，野花多得不行，眼睛看久了都晕。骑马玩的话，能跑很远很远，比这儿过瘾。"

"还有冒着炊烟的蒙古包，即使已被烟尘熏黑、被风雨蚀旧，但散发的是生活的真实味道。走进去，或许有猛然穿越久远部族的恍惚。多美妙！围绕火塘坐下吧，豪爽点，喝碗马奶酒，吃块手扒肉，再尝尝酸奶子、奶皮子、奶豆腐、奶饽饽……奶茶的味道也不错，简单得粗糙，丰盛得暖心。这才是纯正的蒙古家访，这才是正统的民俗体验。"

于是我对他说:"你也可以把游客带去你家吗,肯定比这路边的人造景点更有吸引力。"

"也想呢,就是太远了,不方便。"他拍拍自己的坐骑,"只能骑马去,你们屁股受不了。"然后嘿嘿笑,白牙衬得黑脸逗趣滑稽。

"如今不是很多人都改骑摩托车放牧了吗?你可以买个敞篷车载客,在这莽莽草原上飞奔,比骑马刺激多了。"

"哪里行哟,在这公路边上跑一跑还马马虎虎,远的草场哪禁得住汽车折腾,跑不了几趟草场全毁了,不值得哟!"

我后悔刚才的脱口而出。相对于骑在马背上的他,我比刚才更加矮小。我本无恶意,也非信口开河,曾经在不少草原看见过奔驰的汽车、呼啸的摩托,深嵌的车辙、辗倒的绿草、扬起的尘灰刺痛过我的情感、污染过我的灵魂,我在心里诅咒过喝油吐烟、肆无忌惮的机械文明,可又受益于它野蛮的快捷和方便,文明入侵早成司空见惯的必然,只得讥笑自己卑亵的虚伪。

骑马人下了马,和衣躺在草深的阳坡,躺得恬淡滋润。我也想躺下,但我达不到他的境界,那么随心所欲,那么怡然自得,那么习而成俗,那么俗成闲雅。一串汽车引擎声消失在草原公路尽头,一阵无边无际的寂静迅速弥漫,荡漾起牛马吃草的细密清声,令人误以为听到了久远牧歌的回音。

我转了身,从恍惚的意境里解救出自己,目光再次落在不想进去的呼和诺尔那片蒙古包。说实在话,如果是第一次到呼伦贝尔草原,这样的景点还是值得一去的。当然,值得去的理由非常多。比如,如果想感受一下蒙古民俗的下马酒或敬宾酒,如果想感受蒙古包里的风俗和氛围,如果想欣赏商业意味的蒙古歌舞、品味蒙古饮食,如果想静静地沐浴草原的日出日落、呆呆地守望满天繁星,哪怕是骑一会儿马抑或到水草相连的湖边散散心,都可以欢畅地拐进去,发半天呆或住一晚。

呼和诺尔

湖岸边的牛群

第十一章 人造景 | 113

　　天地造化的美景，有商业头脑的人很好地展示了为我所用的智慧。这一块确实是风水宝地。地势起伏而又展阔，水草丰美尽乎天然。尤其是有呼和诺尔湖，它上接莫日格勒河，下连海拉尔河，真可谓波光潋艳，绿草如茵，鲜花烂漫，天上人间。

　　水光晃眼，晃得绿草一起闪烁，闪烁得绿水绿草的色泽趋向深沉的墨色，犹如从久远的历史深处穿透而来，带着铁蹄奔腾的寒光。那是成吉思汗的彪骑吗？那是蒙古人西进的嘶喊吗？天空、草原、野花、河流、马、牛、羊……都恍若进了古代的光影里。

　　但眼前的蒙古包触手可及，崭新得也有点虚假。我依然不改初衷，幻想那一片白得晃眼

天造地设的美景

的蒙古包换成一两座牧民生活着的哪怕有点残旧的蒙古包，或许我会拐过去傻待上半天，我需要的是不刻意修饰的、更不要沾染商业意味的和谐安闲的自然。

　　那些蒙古包虽然漂亮但失了传统，那些歌舞虽然热闹但失了激情，那些风俗虽然真实但失了纯朴，那些端上的酒虽然依旧暖心但被机械的笑容和僵化的程式消融了应有的真诚。心与心的碰撞、情与情的交流，仿佛都被演化成了简单明了的商业游戏，平庸到大家均已习以为常，知道是瓮也心甘情愿、鱼贯而入了。

　　所以，这些在纯美高洁的草原上的人造景点，我是抵触而排斥的，轻易不入，人也不可能心甘情愿。本来天地恩赐的景致，却被少数

牛与人造景

人围而收费,最可恨的是再弄些不三不四、不伦不类的游乐设施,不说罪不可赦,起码大煞风景。当然,呼和诺尔景点的外观不至于这般低劣,恰到好处的点缀是为这片草原和湿地添色增辉的。

试想,如果弄一些永久建筑呢?如果弄一片另类建筑呢?游乐园最容易赚钱,迪斯尼最聚集人气,但那些都不属于朴实无华的草原,那是所谓科技文明的热闹繁华。有时,我极度矛盾,坚持传统的自私,我们总希望别处能留守住古朴的桃花源,自己却在城市的灯红酒绿里享受锦衣玉食、养尊处优的文明,难道边远和闭塞就该永世落后和窘苦?偶尔的随波逐利何必总被道貌岸然地指责谩骂成败家子?文明可以挥霍,古朴只能守护。

扪心自问,每个人都有一杆称量别人的称。

诗意的栖居,再美好也得食人间烟火。

我又一次注目那片葱绿里的白色,感觉点缀得恰到好处。

拍了几张远水近景,我们继续赶路。陈巴尔虎旗的座座楼宇在墨蓝色的天幕下隐约可见。几天来,我们经过了三个以巴尔虎命名的县城。这支蒙古民族中最古老的部落,几经迁徙,如今稳定在了呼伦贝尔这片丰盛的草原上,继续传承着临草而居、跃马扬鞭的游牧生活和文化。

第十二章 地剥皮

高速公路像突然熄火的机车在呼伦贝尔市北郊戛然，雄美的公路立交桥巍然端立，预示着未来快速通道将从这里射向四面八方，畅达的交通日夜招魂着昔日的万马奔腾，只是吐烟的汽车替换了扬蹄的骏马。

没去市区，而是左拐进入201省道，等于跟呼伦贝尔城区擦肩而过，因为两天后还要回头过来，所以拐得义无反顾。

呼伦贝尔就是早些年的海拉尔，海拉尔是呼伦贝尔的主城区，至今唯一的主城区。如果追究哪一个名号是此城的真正主人，巧而有趣，两个都是。

城的历史不到300年，清雍正时屯兵建城，因位居呼伦贝尔草原而名之"呼伦贝尔城"，也唤之"呼伦城"。20世纪初，修筑东清铁路时设车站，以旁边的海拉尔河定名"海浪站"，为海拉尔三字的简化音，之后城镇逐渐繁华，进而取代了呼伦贝尔城而称"海拉尔"。跟呼伦贝尔一样，海拉尔也是蒙古语译音，一说源于"哈利亚尔"（野韭菜），因为河边草原上遍布野韭菜；一说因由"海勒儿"（融雪），因为河水来自冰雪融水；还有的说是"海喇尔"（黑色），因为河岸草绿色深，蓝天白云映衬下水色更显深暗，河水墨绿油黑。

假如要选一个名副其实的名字，我钟情于"海拉尔"，毕竟呼伦贝尔的疆域太辽阔宽广，既然婚配了大草原，心胸自然应有礼让

之谦恭。遗憾的是海拉尔如今虚弱在了呼伦贝尔的光环里，以至于很少有外地人知道它的乳名和属地。

海拉尔，黑色的河，桃花水，野韭菜，抑或其他。呼伦贝尔我已认识，后天回来跟海拉尔会面。

路幅突然变窄，但路面状况尚好。汽车一辆接一辆，等待检阅般平缓蠕行，又如抢窜般争先恐后。小车居多，重货卡车穿插其中，其间营造了路上的兴盛繁荣。卡车基本是运煤，因为就在眼前的左右两边，各有一座规模不小的露天煤矿。高高堆起的黄土，突兀在平阔空旷的草原上，犹如人工筑起的陵丘，壮观得有些扎眼。

矿产资源开发早被兴奋而高调地列为政府的经济发展战略。经济腾飞的狂热裹挟着改善民生的幌子，肆无忌惮地"手术"着草原的自然生态。大地的千疮百孔成了政绩的碑刻，生态的秩序紊乱见证了功利的猖狂。生存的盲目需求和人类的任性伟力，哪怕给地球掀一块疤痕，都被视为成就而欢喜欣慰。庆贺的歌舞曾经震动得大

大地丰满的身姿

戈壁荒漠里有了小城

荒漠里的发电厂

举目沃野

地痛苦地颤抖，收获后的残迹不知要几代人才能重整而弥合。改变后的草原是否还能像以往一样感受风的流畅、光的普照呢？

物质追求的旗帜，席卷过澄明的天空，收获了四季雾霾。

我不想调侃，就像不愿有人在我身边抽烟，我的心肺宁愿保留一片纯粹原始的荒凉。

"好恐怖。"女儿贴着车窗发言。我知道她在心怯眼前凸起的高大土丘。

"如果站上去往下看，更恐怖。"我的提醒没有恶意但也不善。

"你身临其境过？"女儿的疑问带了挑衅。"是不是很大很深？"

"就像过去的酷刑凌迟，在人身上一点一点、一层一层地挖肉……"

"哪有你这样形容的。"妻子打断我的话。"本来不怎么恐怖的事，被你一说浑身鸡皮疙瘩。"

其实一点不夸张。所谓的露天煤矿，就是把表层的土揭掉，然后一层一层地深挖，直到再现黄土。自然万物，与人类一样皆是生命。动物植物如此，大地也一样。大地供养了万物，如母亲般慷慨慈祥，她自身也是生命体，也有喜怒哀乐，也有幸福和痛苦。草长莺飞，春华秋实，自然界有其自身的和谐规律，作为高等生物的人，顺应还是违背，满足还是豪夺，大地不语，人应沉思：自恃万物主宰的人，是否应该肆意地掳卷万物；自称地球主人的人，是否应该无忌地消费地球？这种剥皮挖肉般的开矿，难道不是在残害大地健康的肌体？

"又不是这一个地方开矿，地球的哪个角落不是千疮百孔。"妻子不以为然。"如果没有这些矿，你哪里能有这车开，哪里能有这路跑？"

"所以呀，人类残害大地，大地便伺机报复人类。"

"地震、雾霾、干旱、洪水、滑坡、泥石流、沙尘暴、龙卷风……"

慷慨的大地

女儿的列举断断续续,像自言自语,然后话锋一转,"或许这些频繁的自然现象正是大地在做自我修复,顺便给自以为是的人类一点颜色看看。"

自然现象,多么轻快的词,隐藏了灾害的恐慌和残酷;顺便,多么客气的词,掩饰了微妙的自我拯救和自我解脱。不管是自然现象还是自然灾害,谁的大脑里不装得丰满?哪天的电视上不播得缠绵?如果点一下鼠标,觑一眼搜索结果都觉得心寒。生存在大地上的每一个人,面对大自然即便不懂得赎罪,也应心怀敬畏和感恩。让大地俯首帖耳,终究是人的不自量力。不计成本与后果的掠取,收获的只能是变本加厉的成本与后果。

谁不想有比这更好的结论呢?

谁不想再回到儿时的清澈小河游会儿泳?谁不想畅意地推开窗户呼吸清新的空气?谁愿意天天渴饮流淌着化学的自来水?谁愿意天天戴着口罩甚至防毒面具出门?

大地母亲的慈祥慷慨不是无边无际。犹如面对恣意而为的不肖子,再慈祥的母亲也会摇头叹息,再慷慨的母亲也会责罚生气。

高大的土丘甩在了车后,四野又恢复了绵延起伏的绿草碧波。这多养眼啊,心都跟着碧波荡漾了。我从汽车后视镜里瞥了一眼渐

仁厚的大地

五彩山

渐消渺的土丘,仿佛瞥见的是新疆准噶尔盆地那座沙土里躲藏了众多玛瑙石的台地。可惜,那座天然的台地不见了。这座人工的土丘上没有躲藏彩色的玛瑙石。

那是第一次踏足新疆,这个世纪初的第六个年份。从乌鲁木齐去喀纳斯,吐乌大高速公路终止于大黄山,左拐向北沿新修的216国道进入空寂荒凉的戈壁沙漠,越走越无人迹,越走越显苍茫。几十公里上百公里乌黑平坦的柏油路上只有我们一辆车飞驰。突然,灰黄的沙地点缀出座座片片、红黄黑白变幻层染的彩色丘原。汽车停在路沿,新疆朋友指指远方说:"那里边就是著名的五彩山,也有的叫五彩城,堪称世界级的自然景观。可惜如今无路可通,只能骑马或者徒步。下次再来,咱们背包去一趟,感受感受日出日落里的大美自然。"然后转身指指不远处的一块台地,"那地方叫玛瑙山,据说剥离浮土可以捡到不错的玛瑙宝石。""真的假的?"我半信半疑,物欲撩馋。"都这么说,"朋友轻描淡写,"顾名思义,既然五彩,难说没有宝贝,越是古老的自然生态,越能给人带来惊奇。"

后来的很长一段时间，我念念不忘玛瑙山，遗憾没去探宝解馋。可是玛瑙不见，那一路大自然赏赐给我的恐怕一生再难遇见。野羊、野马……天然纯粹得仿佛不是人间。尤其是世间珍稀的野生普氏野马，仿佛邀约好了让我检阅一般，竟然五六群几十匹跑到公路边，几乎零距离地跟我们见面，以至于知道普氏野马来龙去脉的人听了我的见闻后无不说我夸大其词，鄙笑我缺乏常识，甚至怀疑我的诚实人品。毕竟，放生准噶尔戈壁沙漠的普氏野马总共也不过百匹，我居然一天一时一地遇见几十匹，如果是我听见别人眉飞色舞，我也会半信半疑。

然而，那确实是千真万确又恍若幻觉的真实。

七年后，我自己驾车载着父母、女儿又走向那里，启程时我说今天去看难得一见的野马、捡拾珍奇稀罕的玛瑙，我说得口若悬河、得意洋洋、自信满满。可是，拐上216国道，我慌神了、担心了、烦躁了。车太多了，多得车速如蜗牛行步，多得心神不宁、恼火骂娘。而且大多是重型卡车，轰隆隆一路尘烟。路幅是宽了，但不如那年路窄时通畅。抽石油的磕头机竖起钢铁塔林，冒烟的现代化工厂向戈壁深处侵袭，人类的足迹繁忙了荒凉久远的空寂。再走，更惊奇，惊奇得痛恨自己天真幼稚。铁路已经裂缝沙漠，高速公路伤痕戈壁，曾经蛮荒的五彩城熙攘出有模有样的城镇。巨型露天煤矿破碎了地壳，庞然火力电厂支离了苍穹。一个、两个……一座、两座……拔地摇山，热火朝天。身临其境，怎能相信是站立在寂寥清冷的荒原。

那座传说躲藏着玛瑙石的台地消失了，因为露天煤矿比石子富贵；那片起伏炫目的彩色丘原变灰了，因为火力电厂比荒丘荣华。

通往五彩山核心景区的柏油路修筑得晶亮平坦，今后去的人不必再劳腿颠股地徒步骑行，世界级的大美风光会让更多喜欢"到此一游"的人雀跃留念。新兴的城镇五彩城附近开钻出了古海温泉，可媲美城市星级设施的环境为身疲心欢的游人提供了刺激和安逸。柏油路继续在戈壁沙漠延伸，工业革命的脚步势如破竹地走向每一寸土地。

野羊不见了,更没有普氏野马的影子。我驾车一路向北,善良的渴望如空荡的荒原渺渺茫茫。我宁愿归因于运气,我祈祷缘由于运气,可是内心却隐隐忧虑,或许人类急匆频繁的脚步,惊扰了自由驰骋的野生动物。人类的强势进驻,逼迫着珍稀动物仓惶地逃离撤退。

过不了多长时间,五彩城会从简陋的集镇膨胀为繁华的城市,戈壁沙漠的柏油路会四通八达,千万年的荒僻会变成车水马龙、霓虹灯光、歌舞升平。我突然想起去迪拜时一位同伴的感慨:人类要想改造沙漠,最好的办法是建造城市。

真是独特思维、另类高见。

虽然比不了迪拜的奢华,我们一样有着成功的实践,未来的五彩城一样令人充满期待。

但愿野生动物也这么想,尽管它们逃到了更远的荒野,好在还有更远的荒野。荒野是人类的无奈和遗憾,却是野生动物的天堂和乐园,即便偶尔俯首人类,也会为野生动物新辟家园。

"如果那些剥离的黄土等到煤层挖完后再填回去,草原不是可以减少很多难看的伤疤吗?"女儿的突然发言把我从胡思乱想中拉回。最多增加点物质成本,但社会效益和自然意义远远大于那点蝇头小利。

道理谁都懂,说起来也义正辞严,但名利欲火总是把人熏燎得头脑简单、目光短浅,尤其是物质和财富至上的时代。我不想就事论事,也只能点到为止,因为越说越觉得语重心沉。很多时候,破坏与速度被视为成就,留存与维护被看做僵化守旧,甚至有人会说,何必再填回去,这是人类改造自然的杰作,不是纪念碑也是新景观。

"如果能够重新利用,也不失为一种选择。"女儿又是一个如果,善意的假设总能滋养微弱的希望。

这个应该可以,世间万物的价值会在不同时段不同条件下体现,垃圾尚可利用,资源也能再生。我于是想起去南非时听到的故事,便对女儿说:"知道南非的钻石矿、金矿吗?在约翰内斯堡附近,像我们身后这样的矿渣山举目皆是。矿井资源枯竭后,废弃的矿渣大多整理成上窄下宽的方体堆场,规整端然,树木灌木野草争先恐后,俨然天设地造的山岳丘林。近几年,随着冶炼技术的提升,那些丢弃的矿渣山又成了香饽饽,被一些投资商买断,进行第二次选矿,据说那里面仍能提炼出价值连城的黄金钻石。"

至于说到矿床采完后废土回填,我见过的做得最好的是澳大利亚。在阿德莱德附近,一家中国企业购买了一处稀有金属矿脉,矿体距地表很浅,非常易于露天开采。如果搁在国内,一准会形成我

绿草如碧波般起伏

们身后这样的堆土,但澳洲人不一样,土地的主人不愿看到崛起的所谓新景观,而是固执地钟情大地的旧模样。中国企业只得跟他们签署协议,先把表层沃土铲起运到附近保存,再把之下黄土铲起堆到附近保存,然后科学规范地采掘矿体。待矿床采尽,再倒着顺序一层一层地回填,将大地的原来面目恢复成不曾改变的样子。

"这是尊重。"女儿赞叹道。

是尊重,对当地人的尊重,对大地的尊重,对自然的尊重,其实更是对自己的尊重。尊重是和谐的酵母,放之四海都芝菌生香。

"我们也可以做到。"女儿前倾身子贴在我的座椅上。

理念是先导,别等着被自然惩罚了才觉醒,才亡羊补牢,正如退围还湖、退耕还林、退牧还草,瞧眼前壮阔丰茂的绿色草原,总比沙化了的灰黄养眼润心。

一辆小汽车超越我们,拐向了右方的岔路。起伏的坡地夸张了草原的气势,那个方向通往旅游景点金帐汗草原部落。我越过岔路口踩住了刹车,更多的小汽车从侧后一路呼啸地驶向那里。前方的201省道一下子空荡起来,很远都看不到一辆车。我们不拐,我们继续向前。

金帐汗部落跟呼和诺尔一样,也是一处人造景点,被老舍先生赞誉为"天下第一曲水"的著名九曲河道就在这个位置。创造这一

起伏夸张的气势

奇景的是流淌而过的莫日格勒河,顺着河流走下去就可以抵达呼和诺尔。只是这里少了湖泊的润泽,整体景观要略逊于呼和诺尔。

实际上,流淌在草原上的河流,大都曲曲折折、弯弯绕绕,很多地方都能呈现九曲十八弯的美景。可能一些地方的景色要远远美过金帐汗部落,只是这一处被人为开发利用,经过不断宣传,独占了令人遐想并向往一睹的美名。依我曾经游历的感觉,天下第一曲水最美应在傍晚,而且天空一定要有朵朵云团。并且,不管站在金帐汗景区的哪个方位,都很难捕捉到天下第一曲水弯曲绕流的全景,所以最佳的角度应在空中。因而,这处名扬宇内的景观,芳容展露却难见全颜,真不如看图想象撩神荡魂。

我们打算明天回程时拐进去看看。妻子说:"看景不如听景,尤其是这样被人为圈起来的人造景观。但这几天行走在纯粹自然的大草原上,看到的美景是语言无法描绘的,再高超的语言大师的绘声绘色,也不如亲临一见令人感慨。"于是我说:"这样的话,金帐汗部落可以不去。"妻子说:"假如景色不如路途上所见,完全没必要破坏好心情。"

汽车后视镜里再也看不到露天煤矿高高的土堆,举目四野,浩阔空旷,大地无遮无掩,模特般新颖着天地一色的壮美身姿和容颜,绿波起伏的草原荡漾起大海才有的汹涌澎湃。

第十三章 湿地魂

　　心情随景移换，满野的绿润心养眼。

　　车行不远，过一座与草地平高的小桥，便越过了水流和缓的莫日格勒河。一溜溜随河道弯曲的低矮灌木，勾勒出莫日格勒河妖娆的身段。我停住车，摇下车窗宣传："沿着这条河往上走，很快就到金帐汗草原部落，那边的河道似乎比这里宽一些，河湾也更曲折一些。"妻子说："瞧眼前的景色，倒是令人遐想的，回头再说吧，即便是大失所望，不身临其境也是感受不到的。如果把遗憾当做旅途的调味品，未必不能尝试。"

有了这样的理念，出外旅行的心情绝不会糟到哪里去。比如前方的这段路，平坦而车少，适当加大油门不会不安全，但隔一段路就立着限速的牌子，而且大多限速在60公里以下，比城市里某些路段还严格。假如为这不大近情理的规范窝火生气，实在是划不来。保守的态度是依规而行，正好可以尽情欣赏沿路的美景；积极的办法是见机而行，空旷无人的路段适当放快速度，遇到居民点则减速礼让。安全永远放在第一位。

确实，这一段路是几天来遇到村镇最多的，虽然规模都不大，但密度超出心理预期，并且路上遇到的行人也不少，难怪管理部门要严格限速，村多人密当是首要原因。更有意思的是，大部分村镇都以数字命名，比如六一、七一、八一、九一等等，后边缀以牧场二字。见字生义，想来跟曾经红火的屯垦及知青下乡放劳动不无关联。历史事件的遗痕在这里色彩鲜活。

如果略加观察会发现，这里地势起伏越来越大，有正在走向山地的感觉。总体而言，地势东高西低，东凸西平，仿佛是山地向草原抑或草原向山地过渡的地带。就在这些起伏的坡地上，不知从何时起，开拓出大片的农田，望不到边的油菜和小麦大面积地吞噬着

额尔古纳城

很难用语言描绘的大美

草场,曾经的牧业景象被同样原始的农业蚕食得面目斑斓。从更远更高的不见一棵树木的山地可以判定,过去这里的地貌是连绵不绝的草场,倒是在开垦成的农田中间有一行行一排排的树,像是为庄稼栽植的防风林。这样被改造后的地貌,虽然失却了原初的质朴纯粹,但对游客而言,由于层次的丰富和色彩的参差,样貌多姿而娇娆,更富有观赏性。

  油菜正值花期,小麦由绿向黄,草坡青意浓郁。行走在这样的路上,被花海裹着,被葱绿围着,丰收的脚步相随,收获的笑脸相迎,仿佛风都夹带着甜味,草也散发着香气,心就被浸润得如饮酒般酣畅,人就被撩逗得如魔怔般癫狂。

  瞧,所有的自驾游小车和旅行团中巴都会不时地停在路边,车上的人大呼小叫、欢蹦跳跃甚至张牙舞爪地扑向一片片油菜地,恨不得将眼前的美景揽进怀里据为己有。或许,当晚的梦里还像搂住情人般心醉魂迷。

  走在这样的风景里,逼着你走快你会不高兴的。难道那些限速的牌子恰是人性化地提醒你,路上的风光太美,跑快了会留遗憾的?所以,这样的路途,只宜慢走,只宜走走停停,只宜随心所欲忘乎所以地手舞足蹈,再多的烦恼和不如意都会在这样的行程里被涤荡得云消雾散。

  看到路旁草地上树起写有"额尔古纳"的高大木牌,我们又一次停车。木牌在公路两边各立一块,高约数米,分别在八根立木上钉八块相向的木板,四种文字醒目地标注着额尔古纳和陈巴尔虎的名字。原来,这里是两地的交界处。木牌立在水泥地上,周边用矮小齐整的木栅栏相围。一条木桥连向公路,简朴而古雅,小巧而实用。

  这里恰好是一处坡地的顶端。回首俯望,沃野绵绵,村舍点点,牛羊群群,杨树行行,远山近野,宽展壮阔,一派妖娆。如果不是路两边栽植了树叶稠密的杨树,视角会更广远。我来回在路上穿梭数次,分别越过两边的杨树林带,将路两侧的美景摄入镜头。记得前年路过此处,来回都是在车上,那种欲下车却受制于人的惋惜曾令我很长时间耿耿于怀,这次自驾而来,尽可率性而为,自由的心绪时刻被大美的景色滋润得舒爽畅快。

  不管你是否已经审美疲劳,新的惊喜总是不断出现,而且偶尔会令人恍惚得怀疑是否还在现实的人间。紧接着到来的一个惊喜就是位于额尔古纳市郊的亚洲第一湿地。

因为前年曾经造访,大致方位依稀,便驾车穿城而过,直奔城西北角市电视发射台所在的高地。作收费用途的景区大门已经修建好,门前坡度不小的路上排满了等待进去的旅游大巴和自驾小车,门西新建的公共厕所前排着很长的欲解决内急的女性队伍,把持不住的男人们大多拐向厕所的西墙根,将满腹憋压释放给了大自然。门票每人40元。

真是生财有道,而且毫不客气。

天生丽质的自然美景,本是社会的共有财富,人人得以自由悦目赏心,但遍观当今国土之上,围一圈墙、垒一座门、拦一根杆、树一块牌、站一个人便堂而皇之唯利是图地坐地收钱,物欲的魔力春笋般茁壮,曾经随处可见的净土被人心赶去了更远的地方。

通向高地的砂石路坡度非常陡,弯度更是九曲十折,好在路面比先前大有改善,驾车上去不会有多大挑战。临近顶部的地方新修了很大的停车场,转了大半圈才找到空车位。停车场一侧,一座崭新的建筑,蓝顶红柱、全木的结构、十分新颖,内有餐饮商店等休息购物设施。从此到高地上,修筑了宽阔的水泥台阶步道,步道两侧拦以木桩串连绳索的防护,禁止游人踏入周边的草地。高地之上,木栏杆圈定的范围内全部大理石铺地,刻有"亚洲第一湿地"的巨石立在场地北沿。靠东的方位,全木结构的阶梯一直延伸到湿地附近,中间设置数个平台供游人驻足观赏。

设施都是全新的,一定意义上方便了观览、保护了植被,有利于安全,但反而限定了范围和自由,破坏了环境的原始和纯朴。记得前年来时,从下而上就是一条沙石路,没有停车场,没有建筑,没有阶梯,没有大理石铺地,只有草地,行人踩出的小路,满眼都是纯自然的风景。当时,我们四面八方地走动,几乎每一个方向都要走很远,围着高地的边缘走了一圈,最后才站定在高地顶端,总结性地感觉大自然恩赐给额尔古纳的旷世美景。

很难用语言描绘她的大美,也很难用语言表述心中的感觉。如

果非要描绘，浅陋的我只能用壮阔而俊秀；如果非要表述，陶醉的我只能说震撼还是震撼。或许，语言可以永恒，描绘和表述即便矫情，也是曾经的心花铸成。

瞧，一条湛蓝的水流随意又任性地在碧绿的湿地里迂回，犹如蓝色的缎带飘逸在树林灌木草丛中。水道不规则，树林不规则，矮灌不规则，草地不规则，地势不规则，远方的山形也不规则，全都不规则得参差错落，间杂柔婉，仿佛天意匠心独运的点缀，形神兼备，尽显大美。

像荡漾的海，像抒情的诗，海的韵味、诗的激情磅礴舒展。

不管你站在哪个位置，俯瞰还是远观，景色亲近得就在面前，仿佛神灵放置在眼前的一幅风景画，触手就能感应到她的质地。近前是水绕绿肥的湿地，绵延而去的是平展的草原，紧跟着接连起、坡缓谷浅的山地，一片片黄的油菜、绿的麦田、黑的土地装饰得山坡色彩斑斓。再远，视野仿佛没有尽头，尽头似乎又在眼前，极穷的绝对让人感觉不到遥远了。

真感谢这块临近城市的高地，如果没有它，湿地呈现的美失却了观赏的最佳视角，必然趋向平庸。

此处湿地就像绿色锦缎

激荡灵魂的美

这样的景观有了这样的视角,就不必再考虑季节的变换和气候的更迭,无论什么时候,都能欣赏到激荡灵魂的美。春花,夏绿,秋色,冬雪,晨光晚霞,花香鸟语,白云蓝天,青山秀水,空旷幽远,丰盈妖娆,每一个瞬间都有惊喜,每一次光临都会让人流连。

瞧那等待照相的人流,再看木梯上的拥挤,沉睡经年的湿地一定被杂沓的脚步和纷纭的人声惊醒了。安宁远去,她会适应进而喜欢这般热闹吗?她会在赞美的闪光灯里保持端庄的仪态吗?反正,开发她的人类会在梦里笑醒的。她是否能看清,不息的人流,移动的其实是金钱的背景,人来钱到,人走钱留,累积的财富比她的容颜更悦目、更荡魂。她被人欣赏了,却被钱利用了,成了财富的宠儿,幸运得是否夹杂着丝丝遗憾?

朝下走走吧,离她再近点。看那片水面,圆得多奇特,如树叶,或马蹄印。中间生了一座岛,树和灌木密密丛丛,形状与水面的轮廓巧妙地契合,一条狭窄的陆桥与外围的林地相连,仿如一棵倒在水面的树,挤压出环状的瘦削的水道。有

一条湛蓝的河流

人正议论说,这是当年成吉思汗的坐骑踏出的蹄印,一直的名字叫马蹄岛。不难猜测,肯定会有一段神奇的故事阐释着这座小岛的来历,神圣而逼真。

资料显示,这是目前中国原生态保持最完好、面积最大的湿地。她的创造者是发源于大兴安岭流入额尔古纳河的根河(根河的蒙古语意思是清澈透明的河)。实际上,在这片山地向草原过渡的土地上,还有两条河——得尔布尔河和哈乌尔河,三条河最后在黑山头镇西北的小河子附近交汇融入额尔古纳河。三条河水流经的区域,都创

水草丰美的湿地

造了连绵的湿地，只是根河湿地更长、面积更广阔。尤其是接近额尔古纳市区的这一段，山地仿佛突然向两边退去，留出宽阔的谷地和草甸贡献给了根河，从而成就了这片水丰树茂草密的湿地景观。

多想继续走下去，走近湿地，走进湿地，领略亘古传承的神奇和波光浅影的神韵。或许灵动的思绪、轻快的步履，能摇曳起苍碧秀郁的矮灌绿草，浮漾起夜梦无痕的雾幔蜃气，惊起闲卧逍遥的野禽水鸟。如果乘一只小船荡舟呢？如果搭一顶帐篷露营呢？河水在身边轻吟浅唱，生态在身边优雅蓬勃，有鸟语花香，有蓝天白云，有风清气爽、幽雅中的恬淡，舞动了心的明媚。

我知道走不进去，有栏杆挡道，有水流阻隔，有文明提醒，那里不该有摩肩接踵、人声鼎沸，更不该有掠夺的保护和保护的毁灭。或许早年的湿地，人的脚步可以信意，一旦圈作景点且名扬宇内，杂沓的脚步便成了糟蹋和侵略，有效的限制存续了天然原始，远观、想象以至回味，宏阔的气势磅礴比细腻的触景生情更有人情味。

让草灌继续染绿吧，让波光继续潋滟，鱼儿继续畅游，鸟声继续婉转，水雾继续朦胧，大地继续妖娆……少了人类的理念，生态自然和谐。

生命的真谛，自有成熟的美丽。

回身走到高地的南端，景色依旧壮观，只是与湿地的风貌迥然。同样受围栏限制，不能像上次一样走到高地的最西南端。

几乎是从脚下开始，缓缓的宽广的坡地全被开垦成黑油油肥沃的良田，一直伸展到遥远的深深的山谷，与山顶黛色的落叶松林牵手相连。田野被分割成长方条状模样，从下往上伸展蔓延。两块田地之间栽植一行杨树，小麦、油菜和没有庄稼的黑土地，大块大块的色彩如云霞落地，如锦绣铺展，如银河泄漏，如浓墨倾泼，金风玉露般鲜艳灼然，多高明的画家凭技巧可以调出但很难绘就如此气吞山河的斑斓陆离的画卷。

天神也不会有这样的巧思妙手，而是最朴实勤劳的农民用一锄一镐一犁一耙浸润着汗水耕作成的图画，是心血的凝结，是祖先敬护的图腾，是雕刻在大地上的信仰。

从东南角远望，额尔古纳城尽收眼底，仿佛整座城市也是耕种出来的，与周边的画面统一和谐。除了数座高点的火柴盒式的建筑，大部分是低矮的平房。有趣的是，房屋的脊顶多呈锃亮的白色，少量红和蓝，不知普遍用了什么材料，刻意的一般。假如在停车场边俯望，车与城市无缝连接，人会霎那之间产生极度错觉，仿佛眼前连绵而去的全是汽车，心头不免一惊，甚至恐怖怎么会有这么多的自驾车来此旅游。

额尔古纳因河而名,是蒙古民族的发祥地,它的发音是蒙古语的直译,在蒙古语里是奉献之意。城不大,区域不小,位置更不容小觑,仅国境线就有近700公里,十多个民族和睦相处,自然风光和人文景观独具特色。

临城而居的根河湿地,应该是额尔古纳的一张名片,得天独厚的区位和宏阔辽远的气质,肯定会吸引更多的游客前来一睹秀丽的容颜,只是,但愿"中国最美河谷湿地"的名号能够相伴永远。

醒目的县界

第十四章 白桦林

出额尔古纳城很容易，和绕上201省道一样容易。

城郊的一段公路两边栽植了密实的杨树，车在绿荫里行走。转一个弯，眼前豁然，一片阔大的草场撞在面前。公路先在草场上穿行，进而钻入疏密有致的树林和矮灌，一条缓流的河水倏然而过，如果不注意，真难觉察到有条河水流淌在稠密又畅朗的树丛灌木里。

我放慢了车速说："这一条河、一片草场和树丛灌木构成的地貌，就是刚才我们站在高地上看到的磅礴秀美的湿地。"女儿惊讶道："这就是那片湿地，怎么没感觉呀？"妻子接过话："假如不提醒，确实不敢相信，虽然感觉也很好，但显然比刚才平淡了许多。"

岂止是许多，大有天壤之别。这就是观察角度在作弄人。同样的一个景观结构，不同的方位和角度，感觉千差万别诱生错愕。从平淡到震撼，令人疯狂；从震撼到平淡，令人失落。情绪的起伏引发的大喜大喟会让人疑惑眼前的景物是梦境还是现实，美好与平庸为何瞬间转换，天地造化为何这般离奇？

人在旅途，丰富的感受和经历，所获所得不仅是景色的赏心悦目，更有心灵的磨砺和智慧的开启。人生遇到的每一个问题，不也因为角度的不同产生截然不同的解析和迥异的态度吗？

地貌的变化越来越强烈，感觉在快速地往山地走，但两边的坡地却异常宽展。坡地大多开垦成农田，也有大片的草场保持着原生态。

美丽的白桦林

黑的土地、黄的油菜、绿的草地、青的小麦,平平展展的,参参差差的,仿佛没有尽头地延伸在视野里。脚边的小麦穗已饱满,成熟的色泽乐羞了面颊,而高处的挤眨着羡慕的眼神朝这边眺望,期盼着秋风的号令,一举把诗情画意的田园染成丰满的金黄。

从离开湿地一直到三河回族乡,基本都是这种地貌。而且,基本没有居民点,偶尔的几座民房,恰成自然风光的点缀,更加多姿多彩。这段路程的风景,完全堪比从阿尔山到天池镇路途上的一两

锦绣山水

处景色,甚至比那里更壮阔、更大气、更绵长。停车拍照欣赏,上车刚启动,又觉得好,再停车。五步一停,三步一景,真想步行着走过去。

确实,如果时间允许,如果精力允许,如果心劲允许,这样的路段最适宜徒步,只有慢慢走、慢慢看、慢慢欣赏、慢慢感受,余

留的遗憾才会最少。而且，步行的好处在于可以离开公路，走进草地和原野，走上高坡去俯瞰望远。如果再早些天，这段路的草地上是野百合的世界，朵朵鲜红的百合花如星星落满大地，走过去就是走在花海里，稠密的野百合会深情地缠住你的腿脚，瘙痒你的心神，让你做她短暂生命的情人。

毫不夸张地说，这里的风景是从呼伦贝尔到室韦一路上最美的。

走过三河乡，让我猛然想起中华名马——三河马。难道三河马的故乡正是这片景色壮美的草场？美景育名马，也是适得其所了。中国有三大名马：新疆伊犁马、内蒙古三河马和甘青川交界的河曲马。我后来专门查过资料，得知三河马的叫法缘于三条河流，但是哪三条河流却有两种说法：一说海拉尔河、克鲁伦河和哈拉哈河，一说根河、得尔布尔河和哈布尔河。前者地广，大致涵盖了整个呼伦贝尔草原；后者狭小，基本界定于如今三河乡的周边。因而，从今日的情感上我倾向于后者。

三河马形貌清秀、体质结实、性情温驯、动作灵敏、耐力持久。据说，三河马是俄罗斯后贝加尔马、蒙古马以及英国纯种马等杂交改良而成的，不仅在民用生产、交通运输上得到认可，而且还曾经受过对印自卫反击战和西藏平叛的特殊环境考验，从而名播华夏，盛誉天下。

可惜，一路走过，空荡的草原上没有看到一匹马，后来听说，如今纯种的三河马数量逐年减少，已被国家列为濒危物种。草原民族的生活方式渐渐脱离了马背，世代的生活伴侣被所谓的现代文明疏远，但其存在的价值愈显珍贵。

没有马的牧人会孤独，没有马的草原会寂寞。

车过三河回族乡，草场和田野渐渐消减，林地慢慢气势汹涌，好几段路完全行走在森林里。树冠交合成廊，如穿越不尽的绿色峡谷，幽深寂寥。主要是白桦林，间或有落叶松。有人说，这一路的白桦林是中国最美的。别处的白桦林我只见过新疆喀纳斯的，确实不如

这一带的高挺和绵延，所以不敢随声附和，当然也抱着应该还有更美的期望。

越走白桦越密，阳光斑驳，一路银亮和暗影，风拂响交头接耳的枝叶，如一群群白衣少女拍手舞蹈，对我们的造访欣喜若狂。坐在车里，陡然幻象检阅的恍惚和兴奋，不仅有威严壮观的气氛，更有美艳盈盈的妆容。

为便于游客观览，当地旅游部门选择路途上面积较大、树干较粗、树姿较直的一片白桦林，修筑了停车场、伸入林地的木板路和供休息的木椅，而且不收费。几乎每一辆路经的旅游车辆都会在此停留。说真的，确实值得一看。

一座灵巧质朴的小木屋，原始的木纹生长出白桦林的另一种美；一条曲曲折折的木板路，委蛇的形体延伸出白桦林的另一种静；一缕原汁原色的自然光，精致的斑驳勾勒出白桦林的另一种亮。如果

再有一渠清澈盈盈的水,白桦林不仅天天舞蹈,还会夜夜歌唱。

沿木板路往里走,一忽儿就被白桦林环抱。

树干碗口粗,高达十余米,稀稀疏疏又密密实实,深邃得望不到边际,但又是通透的,几十米远的动静能依稀可见。因密实,棵棵都拼命地争抢空间,个头长得高高细细的,参天的枝叶相互拥挤着,无风时都能听到哗啦啦的争吵声。因稀疏,阳光便能渗透林地。地面主长一层葱绿的草,旺盛得很难令人相信会是在茂密的森林里。

白桦林的美在她的树干,伟岸而秀丽;在她树干的颜色,洁白而清雅;在她树干上的疤,象形而逗趣。缺失了伟岸秀丽,她就没了精神;缺失了洁白清雅,她就没了灵魂;缺失了象形逗趣,她就没了活力。造物主的神笔妙手,成就了白桦林的清秀和深沉。轻轻地走去,心会变得清静安适。

我不得不闭了一会儿眼睛,担心被一条条、一片片质地瓷实的

得耳布尔河风光

深邃而通透

白色眩晕。名不虚传的白桦林,名副其实的白,白得眩目,白得耀眼,白得让人兴奋,白得催人赞叹。那样的白好像不再是一种单纯的颜色,那是气质,那是精神,那是灵魂,而且一点不抽象,细节逼真得触手可及。

越往深处越显静寂。因密实,风只能在树梢窃窃私语,偶尔的一阵喧哗,一定是看到游人后的雀跃欢呼吧。有丝丝凉意拂动,夹杂轻悄清爽的草香。露珠已落地,雾气已隐身,绿苔伏地呈翠碧,彩叶飘零秀舞姿。那是蒙古舞呢,还是俄罗斯舞,抑或鄂伦春舞呢?我不懂,只看到了轻盈、舒展、

野百合的世界

繁茂的绿树组成了长廊

优美和热情。

  厚厚的落叶不知叠积了多少年，软、陷，舒服得危险。厚重的大地被落叶铺装了弹力，每一步都觉得万物在摇荡起伏。落叶熟透了，踩在脚下沙沙响。是脆弱的生命在低吟吗？真希望这时清脆几声鸟鸣，让无边的寂静重新爬进树林，带给落叶点点抚慰。

  白云破碎了，蓝天支离了，仿佛脚下的落叶盗取了天空的深邃。

  看那一条条若有若无的小路，朦胧着清晰，迷离了真实。是谁那么勇敢地走去深处，情人还是猎人？应该每一条路都有一串神秘的故事吗？不同的人不同的路，一定会遇到不同的风景。

走进白桦林时，最好有阳光，不管是斜阳还是太阳当空照。即便最烈的阳光，也不会一泄遍地，总是斑斑点点的，营造出奇妙的意境。树叶摇，云彩走，阳光在树干和草地上跳动，阴影就被挑逗得乱了方寸，不知所以地跟随阳光变幻出斑驳多彩的光景。

瞧，匍匐在地的落叶，承载了阳光的爱，点点寸寸透着光阴。风凑趣，撩逗得落叶瑟瑟飒飒，如撕碎的彩纸，如群聚的蝴蝶，颤动着翅膀，层层

坡地大多开垦成农田

叠叠，交错漫舞，把树林繁华得灿烂迷离，把光影摇荡得璀璨明灭，仿佛碎了一世日光，却没溅起一丝叹息。

这时候，树干的白更加晶莹，树干的疤更加脱俗，树干更加秀挺，连地上的草都因剔透的光泽抚弄，苏醒似的眨起眼睛。阳光下的白桦林，真像成熟美丽的少妇，令人爱慕又尊敬。

假如把一路上的美景都拟人化，你肯定能成为一名多情的情人，毕竟有太多足以让你爱慕得神魂颠倒的风景。

滤碎的阳光继续在草尖蹦蹦跳跳，灵活了白桦树满身的眼睛。瞧呀，有的含情脉脉，有的秋波盈盈，有的顾盼自雄，有的横眉怒视，或喜悦，或悲伤，或兴奋，或忧郁，招人浮想，诱人冥思。谁能否认，人间迥异的慈眉善眼、鼠眉狼眼不会在这里寻见？每一次的对视，

都像在跟曾经擦肩而过的陌生人眼神交流。这里是白桦树的人间,一样演绎着情投意合、悲欢聚散。

　　一对年轻伴侣牵手走过,树上的眉眼顿时有了爱意缱绻;一个孩子的稚语笑影,感染得树上的眼波童真撒欢。哎呀,白桦树多灵性啊,它一定感知了人类的情感,幽婉的天籁回应得多么神采飞扬。

　　这是夏日的白桦林,我曾唱过它春天的歌:"亭亭白桦,悠悠碧空,微微南来风……"或许残雪还停在枝头,贪婪地缠绵最后的拥抱,但新生儿般的嫩叶,已经绿意了干爽的枝蔓,多像乖顺的女儿依偎母亲温暖慈祥的怀抱。宁静了夏日后的繁华,秋季是陶醉情人的时节,能陶醉得人心五彩斑斓。红、黄、黑、白、绿、橙红、金黄、墨绿……怎么样的随手涂抹,都是国色天香、月韵霞姿,等褪去最后一叶装饰,便情意绵绵地跟漫天飘舞的雪花酣眠在一起。

冬天还远,我看不到雪中的甜蜜和缠绵。

又有几辆小轿车停在林地边。几声嘹亮在空中回旋,那不是鸟鸣,无法悦耳。无疑,清爽的天籁将从这片白桦林里远走高飞。

离开少妇模样的白桦林,行前不远又可见到水灵灵大姑娘般的锦山秀水。

上护林是一个很不起眼的小村子,途经时眨眼即过,几乎引不起游人多少关注,但谁又能料想到,她把绝世美景视如自家姑娘一般藏在了身后,让你乍见不觉惊艳。

得尔布尔河从村边流过,因地势平缓,不宽的河道在这里漫向了低平的草地,顿时形成宽展舒急的水面。两座小石桥,一旧一新。站在桥上四方展望,远山近水,树草连天。远山草场漫坡,树林覆脊;近水清澈缓流,矮灌掩岸。树丛灌木,草场连片。西南方临水的草地上,当地人搭建起数十座白色蒙古包,青山绿水间异常煽情惹眼;东北方的水湾里,彩色皮划艇静静停卧,勾人心生划船漂流的欲念。而这方天空更是和善。一路阴沉的天空,到这里突然变蓝,并且留下几十朵白云装饰,大地万物都被激动得容光幻彩。

旅行车到这里一般不会停留,自驾者一定不要错过。再往前走,还有一段草场漫坡的山地,视野尚开阔,但不久即变成草场和林地相互纠缠,忽然间便是林荫夹道,完全进入山地林区了。

这样的路程时常觉得沉闷,因为视野被密实的树林遮挡,只有道路的上空余留一方狭窄的空间,把人挤压得只想尽快逃离。但每当遇到一段笔直平坦的路面,又总能令人无限欣喜。因为路的直,两边林木枝叶交头接耳的狭窄林道把天空规整成一条蓝幕,犹如地上的河流倒扣在了天上。几朵白云趁机凑趣,仿如美女浣洗的轻纱,漂流在洁清的水波里。

当然,也不尽是密实的林道,偶尔会出现一片葱绿的草地,或一条清润的小溪,还有丛生的灌木,视野便忽广忽窄,放幻灯片似的,闪幻得眼睛应接不暇。待眼前突然空旷，恩和便到了。

左拐一条新修的水泥路直通恩和，数棵不等高的一搂粗的松木柱竖立在路两边，上挂数块木板，分别写着彰显恩和风貌的赞语，其中最吸引人的是"中国十佳魅力名镇"和"恩和俄罗斯民族乡欢迎您"。前者是中央电视台一次活动中评出的，与我们今天的目的地室韦同时上榜；后者则是名副其实的写真。

恩和是中国唯一的俄罗斯民族乡，2000多人的乡域，40%左右均有俄罗斯血统。与室韦一样，恩和隔额尔古纳河与俄罗斯相望，风景秀丽，民俗独特，近几年发展观光旅游，知名度越来越高。因为不在计划的行程中，我们在木桩前照过相，继续赶往室韦。

依旧是一会儿穿行在林地中，一会儿行走在林地和草场互存的山岙里，而且越靠近室韦，坡地上的草场越广阔，碎白的野花繁盛得如满天的星辰于凌晨时分降落大地，而后在夕阳西下时再升飞天空。

为了赶路，我们没再停车，当然也没有一处景色如先前一般美得足以缠住脚步，总体而言趋于平淡。或许，是一天的审美疲劳消耗了对美的鉴赏力，再美的风景都激不起驻足观赏的热情了。我敢说，这一段路的自然风貌，对于初见的人，一定会流连忘返的，一定会念念不忘的。

只是，所有的假设毕竟是假设，我渴望前方的景色更美艳。

路边有趣的装饰物

第十五章 界河村

在我早年的意识里，界河、界碑都很神圣，神圣到对疆界产生莫名的畏惧。那里是禁区，是领土的标志，是国家的象征，是尊严的体现，由不得轻易踩踏，更不准随意亵慢。

后来，走了几个边境小镇，氛围并没有想象的那么凝肃，几乎任何一个旅游者都可以轻松跨过那条界线，比如中越，比如中缅。国境如此亲切、如此世俗，有点不可思议，近乎失去了存在的意义。

远处邻国山川大地一览无余

骑马漫游

但这次来到额尔古纳河边,来到边境小村室韦,曾经的神圣和威严又扑面而来。

室韦,一个坐落在国境界河边上的小村庄,原名吉拉林。2001年,我国政府将方圆百余公里的12个自然村屯、两个国有农牧场合并,成立了以吉拉林为驻地的室韦俄罗斯民族乡,成为我国当时唯一的俄罗斯民族乡。后来,出于发展民俗旅游之需,将俄罗斯民族乡驻地设到恩和,室韦则改称蒙兀室韦苏木。苏木是蒙语,相当于乡镇建制。

室韦也是蒙古语音译,森林之意,用作族称时意为林中人。又称失韦,或失围。有学者曾说,是"鲜卑"的同名异译或别称。作为中国北方古代少数民族,室韦族早在汉代文献中即有记载,一说主体出自鲜卑,为东胡后裔。此后发展分化,形成南室韦、北室韦、钵室韦、深末怛室韦和大室韦五部,各不相属,风俗习惯稍异。唐朝时,蒙兀室韦兴盛,在与突厥的统治斗争中成为一股强大力量。作为蒙古族的先民,蒙兀室韦不断西迁南移,与当地其他民族兼并融合,

视野无垠

至成吉思汗时形成了强大而统一的蒙古部落。

因而,这里是蒙古民族的发祥地,是一代天骄的故里。800 年前,成吉思汗从这里带领族众走出森林、走进草原、走向世界,征服了大半个地球。可以说,蒙古族是从森林走向草原走进了文明的。有人说,蒙古族具有舍弃性,他们不仅舍弃了森林,而且最终舍弃了故园,以至于天骄故里成为了中国曾经唯一的俄罗斯族聚居的民族乡。

不错,历史上所有伟大的游牧民族,都具有随草而居的迁徙性,他们把丰美的草原当做生存的家园,而不局限于一地。马蹄之下,

中俄界河额尔古纳河

都是故乡。更何况，蒙古族又是世界历史上扩张性最强最成功的民族，他们舍弃的是落后和狭小，得到的是强盛和辽阔，故园只在他们的精神和文化里世代留存。

　　后来的后来，俄罗斯人渐渐到了这里，有淘金客，也有流放者。随之，从山东、河北等地闯关东的内地汉人也加入到淘金的队伍。两个民族在这条盛产金沙的额尔古纳河两岸交融，共同劳动和生活。他们始而相交以为友，继而相爱以为婚。不少蓝眼睛的俄罗斯姑娘嫁给了黄皮肤的中国小伙，从而诞生了流淌着两大民族血液的华俄后裔。如今生活在室韦的已是第二、三代华俄后裔。他们保持了俄

桥头警戒岗亭

三套车雕塑

罗斯人的生活习俗，住着用粗大松木树干搭建的木刻楞，吃着面包和奶油，屋里挂着壁毯，一尘不染，院里和阳台栽满鲜花，还有独特的小型桑拿房。

近些年来，室韦乡凭借独特的区位优势和民族风情，大力开发边境游民俗游，旅游产业风生水起，既带动了村民致富，又使室韦名扬宇内。当然，室韦知名度的提高，与中央电视台2005年举办的"中国十佳魅力名镇"评选活动不无联系。在参与竞争的200多个镇中，室韦与云南腾冲的和顺、浙江湖州的南浔和桐乡的乌镇、广东佛山的石湾、江苏吴江的同里、广西桂林的兴安、山西介休的张壁、福建三明的泰宁、安徽黟县的宏村一起脱颖而出，荣膺十佳。当时的颁奖词这样描述室韦："蓝天、绿草、白桦林、神秘的玛瑙草原，时缓时急的河水养育着亚洲最美的湿地，也养育着这里的勤劳人民。肥沃的河滩上走出了伟大的蒙古民族，温暖的木刻楞房子，现在是华俄后裔的繁衍之地。黄皮肤男人的智慧和蓝眼睛女人的热情造就了室韦，中国多民族和谐共存的范例。"

在镇南路边的草地上，立着一组三套车的雕塑，进出室韦都要从旁边经过。看到它，便不免想起俄罗斯一首著名的歌曲《三套车》，

我和房东夫妇合影

我站在界河边

仿佛雕像成了俄罗斯民族的象征，预示着这块土地上生活着俄罗斯族的后裔。所以，作为蒙古民族的发祥地，很难从外观上直接寻见标志物，尽管在附近的草原河边尚有十余座成吉思汗时期的边城遗址，可是游人很难到达一睹真颜。据说，为充分利用两个伟大民族创造的旅游资源，为蒙古人寻根问祖搭建平台，当地政府将择地建设蒙兀之源——蒙兀室韦民族文化园。如果能实现，蒙古族的原初历史便在此地得以承载，深厚的历史文化内涵便有了实物实景可以体验。室韦，作为几个伟大民族精神聚合的胜地，会更加充满生机和活力。

不急着进镇，我们直奔室韦口岸的中俄友谊桥。这座钢筋混凝土结构的界河桥建造于 2001 年，由中俄双方共同出资，中方承建。大桥长 310 米，宽 5 米，连接两国口岸——室韦和澳洛契。室韦口岸是国务院 1989 年批准的国家一类口岸，随着界河桥的开通，近些年进出口货物量大增，成为原木进口的主要通道。

界河桥栏杆的两边端首，各立大理石碑，分别用中文和俄文刻写"友谊桥"。桥头坡地下的草稞里，两个不规则的木桩旁边斜放着一块木板，上刻"中俄第一桥"五个红色大字，背景就是界河桥的全景。木刻不远的地方，新铺了石板小广场，偏东的方位立着111号中国界碑，注明的时间是1993年。

走不上桥面，更走不到桥中的界线。跟中越中缅某些边境小村镇不同，这里没有一日游。对面有小村镇，那里肯定也有中国运过去的商品，也有当地特色的饮食，但不能走过去逛逛，更不可能把产自中国的商品买回来作纪念。桥头是游客能到达的最远的地方，当然也是离边境线最近的地方。走不近和走不进，反而增添了神圣感。好在一望无际的旷荡，邻国的山川大地一览无余，倒比走在杂乱拥塞的邻国小村镇更惬意。

于是，凡是到界河桥的游客，基本都要在桥头、第一桥木刻和界碑三个地方拍照留影。其实，还有一个地方颇具代表，那就是距桥头几步之遥的警戒岗亭。这座木刻楞模样的岗亭，墙体全是整齐的圆木，屋瓦鲜红，屋檐屋山洁白，红色修饰的尖顶，悬挂的国徽闪放金辉，整体小巧但不失庄重和威严。武警端站门前，身后是界河和友谊桥，再远就是异国的土地，在蓝天白云的映衬下，不失为自然景色和国门风光和谐融合的理想拍摄点。

当然，到口岸的界河桥游览，不仅要购买门票，还要经过严格的证件检查和身份登记。游览过程中应控制情绪，服从武警战士的指挥和劝导，最好不要去桥下和界河边，以免产生不必要的误会和麻烦。

阳光一样照耀着异国的山野，一阵阵风或许刚从异国吹过来，云朵在两国共有的天空飘移，脚前就是界桥、界河、界碑，就是不能跨出一步。咫尺天涯，正是描述的当下。

界河桥是201省道的起点，距离室韦村只有一里路。所以，参观出来，最好沿界河滩涂的草地走向村里。如果嫌累，可以租匹马骑着慢悠悠地欣赏界河风光和村居景色。我主张步行，毕竟不远，更可完全放松身心地游览，因为对于不常骑马的游客而言，坐在马背上的紧张会破坏观景的心情，或者更贴切地说是恐怕无暇观景。

第十五章 界河村

我下榻的木刻楞

记得前年第一次来室韦，扑面而至的新鲜感激动得我坐不住，一个人端着相机四处溜达，一直走到了口岸的界河桥。第二天凌晨，东方的一抹白刚闪现时，我就翻身起床，几乎围着村庄转了一圈。那次回来梳理照片，最满意的都是这两个时辰拍摄的。

像室韦这样的边境风光，非常适合慢慢走着感受。尤其是早晨或傍晚，迎着晨晖或沐着夕阳，悠闲自在、漫不经心，把世俗的一切抛却身外，只余自然的风物包裹身心。不管是有心还是无意，不论是摄影发烧友还是普通游客，眼里的景物总能拍出好照片。

绿草、花牛、骏马、界河、村居、远山，如果是晴日，天空再飘几朵散淡的白云，哪个角度都能拍出佳片来。当然，落日时的精彩是一定要抓住的。假如想捕捉朝霞的绚烂，必须早起。高纬度的室韦，夏季的日出凌晨三点多就霞光满天了。而且，在室韦，清晨经常会出现悬雾，轻纱似的，低低地浮荡在界河上，飘游在山腰间，营造得自然万物犹如幻景。

　　进到镇里，尽管有人寻问要不要住店，我还是直接开车到了村子的最东北角，前年来的时候住的那个家庭旅馆。两年了，但一切仿佛如旧。这座房屋位处村子的最北和最东，出院门往左一拐就到了村外，距离去界河的路口最近。而且，坐在二楼的客房里，界河和河对岸的俄罗斯小村庄奥洛契尽收眼底，视野开阔而风光无限。可惜，客房已全部被人预定完。我们不想走远，在对面的莲娜俄罗斯大酒店住下，二楼东头，视野无遮无拦。更好的是，楼前有不大不小的院子，车子停进来，比停在路边肯定安全。

　　随着知名度的提高，室韦旅游的商业气息愈来愈浓，住宿和饮食最具代表性。几年前到室韦，基本上只能住在当地居民家，于是家庭旅馆应运而生。初时只是将家中多余的房子腾出，进而加盖房间以至于楼房。室内多置两张床，小而简朴，但卫生绝对可以放心。

中俄友谊桥

然而，基本上没有独立的卫生间。这与整个村子的公共设施还不太配套有很大关系，比如自来水。所以，大多是公共卫生间，洗澡也是公共的，一个小房间，轮流替换着，因是太阳能热水器，人一多或有浪费点的，晚了就没了热水。但这两年条件又有大改观，不少家庭新建的旅馆单设了卫生间，另有上规模的宾馆开始在村口出现。游客的选择性越来越多。

抵达这样民俗特色鲜明的村子，下榻的地方最好选在居民家，或者不失居家生活氛围的家庭旅馆。新建的宾馆，如果纯粹照搬城市的钢筋水泥和雷同模样，最好距离古朴的村子远一点，假如破坏了久远承袭的民俗和风貌，无疑是糟蹋和亵渎先民智慧。可惜时隔两年，我似乎隐隐约约感觉到了不祥的苗头，但愿那只是隐隐约约的感觉。

清一色的木刻楞才是室韦，才是能够继续扬名的室韦。作为俄罗斯民族的传统典型民居，木刻楞是室韦的身份和象征。哪怕新建时选取更加厚重的石块做地基或者建成几层楼的模样，但躯体骨架仍要保留粗壮的圆木厚实的木板；哪怕叠垒的圆木之间不再用苔藓补缝，但外观仍要保留原木的本色，并在屋角、屋檐、屋顶修饰出鲜艳的色彩；哪怕屋里文明到配套新潮的卫浴设施，但铆接圆木加固木板的材料仍是传统的木楔。

沉淀成历史的民族建筑风格，即便技术工艺与时俱进，也别太过颠覆已凝固成型的经典形象。

只要木刻楞不消失，传统的室韦就会活着；只要木刻楞风格不变质，传统的室韦就能呈现得接近原汁原味。

傍晚时分，我搬张椅子坐在了窗边的阳台，放松疲惫的身心，享受世界上最澄明干净的空气。视野无垠，晚霞满天。邻国的山川朦胧了剪影，麦田翻滚着绿隐红烈的金浪，草甸爬一个坡与森林纠缠，界河的最后一抹银亮吻给了柔情的月光。牛自己回家了，嘴角咀嚼着残草。牵马人吃喝着暮色，载着生意边走边笑。炊烟不紧不慢，跟渐渐灰淡的云霞交头接耳。不必刻意走去草场河边，每一个窗口都是风景，阳台就是观景台，四面八方的美浩浩荡荡，悦目爽心。迟一会儿按亮电灯吧，抬抬头，数一数天上的星星，在城市暗淡稀落的遗憾，能在室韦的夜空弥补得繁繁灿灿。

肚子被阵阵肉菜香诱惑，那该是店主人莲娜给我们清炖土鸡的香味吧。

去室韦，饮食不是问题，村道边开有不少饭店，也可以在家庭旅馆吃些家常菜。曾有到过室韦的游客反映，饭店的菜价虚高，甚至有个别饭店存在两套菜价表，一套对本地人，一套对游客。我没在饭店吃饭，没有直观感受，不敢妄下结论，但相信菜价肯定会随游客的不断增加而水涨船高。住宿不是最好的例子吗？前几年家庭旅馆一张床40元，现如今已涨至50元。

说到家常菜，最好尝一尝俄罗斯民族风味的食物。比如，主餐可以要一份由西红柿、俄式酸菜、苏巴叶、土豆、牛肉等烧制的苏巴汤，还有土豆条和煎牛肉饼炒制的葛德列克，当然俄式沙拉也可一试。主食则少不了列巴、馒头配蓝莓酱和奶茶。早餐呢，牛奶是少不了的，土鸡蛋也应该吃一个。假如想吃点山珍野味，华子鱼不可少，土鸡炖蘑菇也可一尝。

一天旅途，饥肠熬心，车子尚未熄火时，我就嘱咐店主人莲娜宰了只土鸡。

咫尺天涯

第十六章 临江屯

到了室韦，如果时间宽裕，临江屯不可不去。

如今出外旅行，就像面对丰盛的美食，喜好不同，口味不一，选择也就五花八门。比如有人喜欢热闹繁华，有人心仪清净古雅；有人谋求安逸，有人追逐刺激；有人亲近自然，有人寻访人文……不同的追求，见不同的品性。然而，旅游愈兴盛，景色愈繁荣，选择却不得不被迫趋向雷同。不管是古雅的、安逸的、自然的、人文的，都一致地走向繁华热闹。蜂拥的人流仿如会走路的钞票，被贪婪的功利和物欲当成商品绑架。

旅游开发渐趋成熟的室韦也不例外。有不少追寻纯朴风格的游客抱怨室韦的商业气息太浓，进而往附近的临江屯进发。也有少部分人说，恩和的俄罗斯民俗风情更浓郁，于是把住宿点和目的地选择在恩和。这就如同去过云南丽江的游客，越多越频繁地往丽江附近的束河进发。我相信，束河不久就会成为第二个丽江，当然无处不去的驴友们还会发现并推出第二、第三个束河。

临江屯就是室韦附近的束河，而且比束河更古朴更自然。

不清楚临江屯的住宿状况，我们将行装安顿在室韦，因慕名，更因为时间宽裕，临江屯必须去逛一趟。12公里的路程，一色的砂石路，一辆车的路幅，全程几乎紧临着额尔古纳河前行。如果事前不知道河对岸就是异国他乡，真如走在普通的乡间原野里，随意放松，

界河又横在前面

但这时的心情却有莫明的激动,注意力大多投放在了对岸的山山水水、草草木木,仿佛远天的几朵白云都有点别样的不同。

从室韦村东头爬上一个陡坡,就进入白桦和樟子松混交的林地里。林地左侧,靠近河岸的山腰上有座边防哨所岗楼,在这条林荫密实的山道上看不见,但能感受到近在身边。

几天来,走过几段边境线路后,脑子里留下了颇感欣慰的映像——中方的哨所相对精致讲究。不论是满洲里还是此地,哨所大体都是圆柱状的体型样貌,水泥砖石构筑,墙体粉饰白色,尖顶的屋脊装点红色,不管在草原里还是林地边,都显得光彩夺目,彰显

人间的伊甸园

辽阔平整的麦田

了国家形象的无尚尊贵庄严，令国人肃然起敬而心生自豪，安全感更是一路相随。

　　比较之下，俄罗斯边境哨所显然简陋得多。虽然每一地的哨所从这边望过去都有一定的距离，看不到十分清楚的细节，但远的不过几百米，近的大致百米内，基本结构一目了然。简单描述，就像把野外常见的高压电线的铁架削去上半截，然后在顶端搭一层铁板，继而在铁板之上安装一座灰墙红顶的铁皮房子，如此而已。如果多看几眼，甚至不免担心一阵强风会把它吹倒，若遇龙卷风，说不定会整体悬上半空，以至于每个哨所都像固定帐篷或电线杆一样，几个方向全拉了粗陋的斜钢丝固定在地上，乍看上去颇觉逗趣和滑稽。

穿过繁密森然的树林，一个缓缓的长下坡，界河又一次横在前面，对岸的小哨所像一棵不起眼的树木一样，立在一处地势稍高的坡地上。

视野猛然开阔，平展的麦田和油菜往左伸向界河，朝右直抵山脚。麦田举一层绿中见黄的麦穗，饱满的颗粒鼓胀出丰收的希冀。油菜花即将落尽，余几朵碎小的黄花顶在头上。绵展的大地上犹如降落的繁星点点，把青葱的油菜地点缀得金色灿灿。

界河掩没在庄稼的边缘，再延伸过去就是俄国的土地。如果平视，根本分不清鲜明的界线，国家几乎看不出来了，只剩下意识上的概念。一样的原野、田园、山坡、丛林、草原、蓝天、白云和野风，土地是一体的，天空是一体的，只有仔细辨认，才能从植被的显著差异上分清泾渭。中方的土地大多开辟成农田，而俄方却保留了纯自然的草原。同样的气候，同样的土地，同样的水流，因生存压力的不同，呈现了截然不同的地貌。丰收在望的庄稼带给人喜悦，绿茵如毯的草原催发人兴奋。眼前的庄稼荡漾着生活的真实，远处的草原波涌起自然的幻景。如果就这样走下去，仿佛是从人间走向传说中的伊甸园，抑或从蜃景里转回到触手可及的真实存在。

路非常狭窄。路面上两道车辙异常清晰，而且被轧得平整结实，但车辙以外，碎小的砂石覆地，显得蓬松糟乱，真怕走上去硌坏了车胎。假如不会车，走起来倒轻松，一旦对面来车或停车观景时让路给后来的车，就必须将车开向长满青草却松软的路肩，一不小心就有可能陷进青草掩盖的土坑中。麻烦的是，这样的路段停车观景实属常态，走不多远便有不同的风景。好在如今到临江屯的全是自驾小车，互相谦让不会造成行车麻烦，如果有旅游大巴造访，局部路段堵塞应为家常便饭。为了让更多的游客光临小村，相信不久的将来，这条不长的景观路会大为改善，但对喜欢纯朴自然的旅人而言，却未必是件好事。

太阳渐渐西沉，大地万物着一层淡淡的柔和的明丽。从地势高

第十六章 临江屯   169

生机盎然   晚霞

的路边西望,额尔古纳河像沉落在莽莽原野里的明镜,晶莹莹的,映衬得蓝天白云闪耀出明澈的光泽。界河好像在这一段弯了几道弯,河道不规则地时窄时宽,宽的地方如小湖,波光粼粼的,隐隐中似有水波拍岸的声响。岸边的草受了河水的滋润,长势茂盛得很。或许是夏季盛水期的成果,岸两边相当宽展的范围内都像被河水侵蚀过。矮灌和野草随着河道的蜿蜒绵展,颇显浩荡的气势。时而,路紧靠河岸而筑,对岸近在咫尺,假如抽上一鞭,即可跃马过去。但大部分地方都有密实的铁丝网,明示着对面就是不该踏足的禁区。

拐过一个山角,几座木刻楞房子端坐前方。路边立着几棵圆木和一块简陋的招牌,中间最粗的圆木上贴着"临江原生态公园"的

油菜花盛开

金字,招牌上蓝底红字标出"爱民固边模范村"的告示。这就是近几年声名越来越显赫的临江屯了。

砂石路从村中穿过,路面比村外起伏坎坷,起伏得能陷住车轮,坎坷得能碰着底盘,开车必须小心翼翼。路两旁散漫地坐落着幢幢木刻楞,大多是一层的平房,偶尔几幢两层的楼房。几乎每幢房屋周围都有木栅栏,小巧的院落里生机盎然。村道上不时有马匹经过,或聚于一处,村民牵引着,向不多的游客招揽着骑马生意。间或,有游客骑着马从村外回来,不多的小车停在路边或农家院落里。除了人语马嘶声,村庄里很安静。屋顶升腾的炊烟似乎都飘升得舒心惬意。

村子不大,据说居住着80来户人家。与室韦相比,临江屯的确纯朴得趋于自然。它的房屋不像室韦那样规划成几排,而是散乱地点状分布。它的路全是泥土的,卫生状况差强人意。如果不是离室韦那么近,如果不是临近国境界河,如果没有异域风情的木刻楞,如果没有中俄混血的后裔,如果缺少广袤的草原和童话般的白桦林,临江屯就是一个不起眼的普通村庄。庆幸的是,它拥有了上述假设的全部,如今的名气还不能尽展它的实力。养在深闺人初识。独特的魅力会吸引更多人前来争睹真颜。

如果住在临江屯,最好选一间朝西的房间,可以一览无余地观赏界河及两岸风光。不管是骑马还是步行,到界河边走一走是少不了的。傍晚时,可以去南山观日落;清晨,可选择上北山看日出。而且,登高望远,视野更开阔,景色更广远。假如时间再宽裕点,应该出村往北再走远一点。在去往太平林场途中,有一岔路到老鹰嘴(因一块突出的酷似老鹰头的岩石而得名),这里是莫尔道嘎河流入额尔古纳河的交汇处,大面积的麦田和油菜铺展在界河边,景色壮观。离此不远,有一处被当地人称为"月亮泡"的水面,运气好的话可看到成群的野鸭起起落落。再走下去即可到达太平林场,沿途近乎原生态的自然景观会令你流连忘返。更何况,这些景点尚处未开发阶段,无门票之忧,一旦开发,纯自然的乐趣将不复存在。

因时间关系,我们没有走那么远。出村后上一个大坡,在一处视野比较展阔的高地停下来。大地万里,江山有界。近前是起伏明黄的油菜田,远方是层叠黛绿的山峦。界河仿佛果断的判官,将两岸的地貌断然分开,鲜明的差异成就了景致的多姿多彩。除了坡下的临江屯,极目之内再没有人烟,对岸尽是辽远的草原连缀起漫漫的山林。

绿碧青波如海,深远无尽。短而浅的目光探寻不了多远,最远的远方躲在了幽寂的深邃里。绿毯样的草原莹亮太阳的恩泽,像眼波漾起的泪花,精灵般跃动。云和天相映生辉,白衬着蓝,蓝更蓝;蓝映着白,白更白,纯净、博大、灵隽、华贵,凝望得稍微久一点,视野便缥缈成虚境。如果不是临江屯近在眼前,在如此旷荡的自然风景里待下去,心中难免生出隐隐怯意,仿佛近在咫尺的国界暗藏着某种分辨不清的危险,一种善意的急迫的气息裹挟了身心。好在水泥桩串联的铁丝网延展在河岸边的草地上,承担着沉默的警戒职责,才舒缓了尽快逃离的意乱神慌。

村子里比野外热闹,但相较于室韦又略清静。游客少,气氛并不冷清,见有马队驮游客走去界河,妻女也来了精气神,提议去界河看看。

草比较深,马踏人走,踩出许多小路,河岸不像室韦那边尽是矮草。越过视野近处那片葱郁的白桦,朝起伏荡漾的碧绿山坡遥望,那里静静地栖着孤独的红色岗亭。视野的下方,流动的额尔古纳河闪闪发光。

当然铁丝网是少不了的。室韦那边拉在草场上的铁丝网,以我的观察,拦牲畜的功能比拦人有效。临江屯游客少,拦人的功能肯定更弱。前次到室韦,去界河的铁丝网敞开着一个大豁口,小车可以直接开到河边。如今安装了如车站购票窗口前一样的铁栏杆,弯曲的设计,规范得行人只能缓步通过。我们傍晚去时没人值守,当然也没有人收门票，但愿只是象征意义上的设施，如果加收门票未免超乎情理。临江屯还没有跟室韦学，一旦游客多了，难保不效仿。

有人赤了脚试探界河的水性，有人捡了石子测量界河的深浅，但没见有人下河游泳。室韦那边有，赤了膊游到界河的深处，得意的表情夸张着舒畅和勇敢。间或，河上还有轰鸣的游艇穿梭。临江屯的河段清爽得多，流动的是纯粹的野性、幽远的静谧，偶尔能看到水禽飞落。

听当地人说，游泳没被禁止，但不能越过中心线，否则两边的警员都会训诫。国境线的敏感，昭示着国家意识，牵动着民族情感。假如有人越界，要么被视为叛逃，要么怀疑成侵占，方寸之地，锱铢必较。然而，集体活动常常例外，比如界河上坐船游览，游船并不是沿中心线行驶，而是走主航道，于是，一会儿偏向那边，一会儿又靠近这边。虽说界河的边境线以主航道为准，但单一的游泳者泡进水里，警卫者不可能准确地判定主航道的位置，简易可行的判断方法当是中心线。因而，如此说来，有意愿在界河游泳的旅客还是应收敛些。

记得那次在室韦，几个人大呼小叫地跑进河里，转眼畅游到了深水里，目视过去，仿佛已经游过了河心。说真的，不免为他们的大胆和安全担心。我的房东莲娜说，天热的时候，两岸的人都下河洗澡（她不说游泳，洗澡更生活，河水的清凉比文雅的游泳更实用）。她说得轻轻松松，像走去院里的水笼头接水一样自自然然。那时我突然明白，再神圣尊严的界河，也得俯首体贴日常的生活。

我这时站在临江屯的界河边，似乎看得见两岸上赤裸的男人和穿得不能再少的女人，没啥顾忌地扑进河里。他们或她们会在乎那条看不见的分界线吗？她们薄薄的衣衫都几乎褪尽，还担心无形的界线？有什么可紧张的，那是多么和平、宁静的场景。河是她们的游泳池，洗澡是她们的小日子。

如果真是这样，界河便击碎了我顽固的想象。界，对峙的象征。

应该有铁丝网,坚固的碉堡,威武的士兵,或许草丛树林里遍布暗哨。咫尺而已,却绝不能越雷池一步,否则会有枪弹响起,会有争端出现。可现在,这里笑声飞扬,自由奔放。那里有条铁丝网,拦住更多的是牛羊;那边有座碉堡,鲜亮了自然的风光。没有士兵,或许也没有暗哨。白云在清澈的河水里飘移,游人在油画般的风景里戏闹,树影婆娑,水鸟翱翔,满目和祥。

　　我沿着水边漫步。河水的透明度很差,乍一看去仿佛浅红深黑,估计与河底的沙石颜色有关。所以,河水清澈干净,清凌凌的惹人伸手探足。河岸河底尽是碎石,赤脚进去未必舒适。女儿也捡起石子试探深浅,踏脚进去搅起阵阵清波,但忘情的片刻手腕上的手镯遗落水中,留作了界河永远的纪念。

　　牵马揽生意的眯笑着眼睛走来。"骑马吧,走远一点看看。"商量里柔和着善意,眼波里流淌着中俄血脉的激情,如眼前的界河水般清澈。临江屯游客少,河滩草场上牵马揽生意的不像室韦那边成群结队。我问什么价钱。"一小时50元。"他张开粗壮的手。女儿第一次见到这么多装备齐整的骏马,禁不住好奇地选了一匹稍小的红马,让马主人牵着游荡而去。

　　对马主人而言,走得越远耗的时间越多,他们的收入越高。所以,

一般情况下,他们都会牵着马往村外的高地走,而且走得非常慢,借口当然是振振有词,冠冕堂皇的安全。这样走下来,至少两个小时。对骑马者来说,新鲜感和兴奋劲加上些许的紧张,会顾不得时间,走得远一点更觉得过瘾。实不知,第一次骑马并走上一段路的,一旦放松到晚上,大腿内侧以至于尾骨会生出灼热的疼痛,尤其穿着单薄并拖着凉鞋,皮肤直接跟马鞍脚镫接触摩擦,滞后的苦痛更不可想象。记得数十年前第一次在呼和浩特西北的大草原上骑马,兴奋着好奇,我不时催打着马匹小跑一阵,疯癫了个把小时,屁股痛苦了一两天,铭心刻骨地体验了幸福的代价。因此,凡事不能贪婪,第一次骑马最好浅尝辄止,精神的过瘾一定要怜恤身体的磨难,适可而止应是精致的圆满。

我们抬步朝马行的方向,既担心女儿的安全,也想缩短交易的距离和时间。人心里都有算盘。路过一片篱笆,一个中年人伏在栅栏上看,眉头皱着,仿佛层叠了许多不理解。果然,他嘟囔了一句:"真是钱烧的,破破烂烂的屯子,都跑来看。"我好奇跟他攀谈。栅栏里的古旧木刻楞就是他的家,祖上是当年背井离乡闯关东的山东人。"你也可以牵马载客人呀!"他说家里准备建新房做旅馆,比牵马好。"也是木刻楞吧,可别建城里那样的房子。"他似乎理解我的用意,

肯定地点点头，然后说："我们觉得城里好，你们却跑来我们这穷地方。"我一时不知该怎么回应他。纯粹的古朴是落后的另类表达，但纯粹的古朴并不护佑落后。古朴沉甸着财富，他们已经在开发。我指指他身前的栅栏："新房子也围这个吧？"他嘻嘻笑了："知道你们城里人喜欢这些，再说我们这儿只有木头。"我突然觉得好像被他的朴实戏弄了，讽言冷语下隐藏了得意的渴望呢。

"会有越来越多的人来看你们破破烂烂的屯子，如果不像现在破烂了，来的人就不会多了，你信不信？"

"这个懂。你们喜欢现在这个模样的临江屯，不能弄得像你们城里一样，那就没有特色了。破有破的味，烂有烂的好。"

我很想对他说，那不是破，更不是烂，是朴，是淳，是本，是真……但还有必要吗，他心里啥不明白。

但我依旧担心他们富裕以后的新，像许多先富的村庄，一身洋装俗出些阔佬阔少。老和旧，自有悠然风韵，自有别样风流。率性、沧桑、散淡、潇洒……如古时的绅士，再苍老，神情里也自有高雅的气韵。

太阳走向彤云会晤的黄昏，如刻意跌扁的蛋黄，蛋清早已流淌成素淡散畅的云，沾染了蛋黄的浅色，预示着太阳的命运。临江屯的晚霞布展在了异国的大地上空。只要天上有云，每天都能守候到漫天的辉煌灿烂，视野的空旷更增添了霞光满天的豪放气势。

远山暗淡，近景绚丽。远山是别国，近景是家园。异域天空的云霞，豪爽地恩惠着每一个追慕他的游客。固定在三角架上的相机，准确而虔诚地捕捉着精彩神妙的瞬间。

视野虽然依旧清晰，但暮色的确已经降临。临江屯的夜色，满天星辰即将布展壮阔的宁静和茂盛的清凉。

第十七章 云洗天

在旷荡的草原上行走,如果天上有云彩是幸运的事。当然,云彩不能厚实得铺满天空,也不要薄薄的一层,最理想的是纯净的蓝天下飘逸出散淡的朵朵白云。蓝天必须纯净,白云一定朵朵,而且要飘逸,散淡的飘逸。这样的景致,对草原人来说司空见惯,但对游人而言得靠运气。这次游荡草原已五天,只是昨天在上护林的桥头,在很短的时间里从天空的一角欣赏了一次令人惊艳的光景。

缺憾不会一路伴随,惊喜往往就在无望时。就在我们要离开呼伦贝尔大草原的日子,蓝天白云陪伴了我们大半日,以至于一路上走走停停,贪恋美景不忍离舍,导致几天来第一次走了夜路,但那夜的梦也最甜、最踏实。

我们离开室韦时,几乎所有的游客还在梦乡里。高纬度的室韦夏日夜色迟钝,黎明殷勤。旅店的老板被我们叫醒,像黎明一样缓缓起身,睡眼蒙眬地为我们打开院门,嘴里咕哝着:"起这么早赶路呀,室韦的早晨很美的。"

确实很美。阳光柔和,正为慢慢苏醒的万物梳妆打扮。风窸窣走来,四野依旧宁静得能听到大地的呼吸。牛羊迎着朝霞走向草场,热切的目光看什么都觉得新鲜。些许不足的是云层有点厚实,飘荡着,变幻着,却没能形成悬浮的云,飘在河面挂在山间,波涌的气势紧贴着地面滚向四面八方，把人的心也翻腾得欲逃离才觉安实。

村里村外不见一个人影，更看不到一辆行走的车。沉酣的睡梦还没有跟随太阳苏醒，瞌睡虫恋恋不舍，模糊着夜晚与黎明的界线。但早起的鸟儿欢喜地四处唱歌，兴高采烈得竟然忘却了安全，旋飞着从我的车前越过。刹车已经来不及，只听嘭的一声，仿佛车子被重重地砸击了一般（其实是车子撞了鸟儿），细小的羽毛散飘在眼前。妻子和女儿哎呀惊呼，我立即刹车然后退回到事发地点。

一地羽毛。

粗长的飞羽数支，更多的是纤细柔软的茸羽，颤动着毛茸茸的羽绒随风旋走，疼痛地抽搐，让人怜惜。可是，四周寻了数遍，甚至下到路边的宽沟，怎么也寻不到被撞的鸟儿。难道没有撞死？可是，那么多撞落的羽毛总令人心里不踏实。肯定是撞伤了，只是伤残到什么程度，鸟儿该多么痛苦，但它本能地继续飞翔，没有留下任何足迹。鸟儿来自天空，只要不折翅，即便散落了羽毛，仍然回归自由的天空。它能从伤害中挺过来吗？它的生命还能延续多久？即使用哲人的视角思考，也难以确定是否触发了一曲怆然泪下的悲歌。但愿鸟儿的挣扎能唤起神灵的佑护，继续舞起轻灵的翅膀，自由飞翔在山川、村野、湿地、河湾。

为它深深祝福吧！

妻子痛惜不已，嘱咐我小心驾驶，别再撞碰了飞翔的精灵。

重新上路，好一阵子不敢加速，仿佛小鸟的身影还在车前盘旋。事后回想，一直判断不出是只什么鸟，只觉得体型不小，而且从落在地上的粗长的飞羽也可以看出是只大鸟，曾怀疑是不是野鸽子，但也仅是怀疑。

实际上，夏季的草原，不仅草旺，更是动物们欢畅的季节，尤其是各种飞虫，几乎成为许多游客却步草原的借口。比如蚊子，多少人被吓退了不敢在蒙古包里住宿，从而错失了草原的日出日落和纯净夜空的星辰。比如草蝇，多少人走进森林后被扰得不敢在野外多待一会儿，而是仓皇躲进旅行车里，不能尽享森林幽深野秀等诸多风韵的无奈。聪明的驴友们发明了遮蝇罩之类的护脸护肤用具，另类得像一群带着防毒面具旅行的怪癖者。比如蝴蝶，比如蜜蜂，比如蝗虫，更多的是叫不出名的小飞虫。几乎每天，几百公里的行程之后，车子的前部都要满满地粘一层飞虫的尸首，五彩斑斓得犹如野性的孩子随意泼洒的油彩，带着几分率性的天真和纯然的风趣，以至于洗车的时候要花费相当的功夫才能洗净。

可能正是因为这突然的一撞，加上对各类飞虫尤其是草蝇的联想，车到去莫尔道嘎的路口时我没有拐进去，而是沿昨日的来路往回走。记得前次去莫尔道嘎原始森林，每次下车观景都要频频遭遇草蝇的骚扰和叮咬，同行的女士们被攻击一次后再不敢下车。这次如果前去，恐怕日常怕虫的妻子女儿承受不了草蝇的侵袭。我更考

虑，去往原始森林的路都很狭窄，沿途林木茂密，人烟近无，我们一家三口一辆小车进去，总感觉有孤零零深入虎穴、闯入险地的惶恐，不要说欣赏美景，恐怕一路都会身紧心收、胆怯神慌。与其这样，不如舍弃。

作为国内最大的森林公园之一，莫尔道嘎的红豆坡、偃松幽径、一目九岭、翠谷流云、林海听涛、九曲松风以及美人湖，都是撼人心魄、润人心田的美景，这次擦肩而过，也是为了维系精神和心情的愉悦，并不遗憾。

重走来时的路，风物依然，未免索味而提不起观赏的兴致，精神甚至有点委顿得趋向回归刚醒的梦乡。女儿已经戴着耳机边听音乐边闭目养神，一会儿就安静地睡着了。假如不是天公作美，今日的半天路程肯定是数天来身心最为疲顿的，因为再美的风景，立刻重走一遍也会产生审美疲劳甚至心生厌倦的。

可是，天象的变幻重塑了风物的神态姿彩，把一路的风景饰润得千娇百媚、风韵万端。

早晨厚实的云层渐渐稀薄，慢慢淡去，仿佛倏忽之间全部隐遁了，

成群的白色蒙古包

消散得无影无踪。天空一时湛蓝得犹如刚被清洗了一般,好像刚才的那些云层都用来洗涤了天空的积尘,从而消耗了云气,天穹才爽静得一尘不染。

　　车过三河乡,开始从遥远的天际飘出几朵白云,接着四面八方的云朵轻舞身姿涌向中天。她们边轻舞边交头接耳,互相谦让着飘逸的方向。调皮的小块云朵弹跳了几步,离开缓慢的队伍孤立在最前端,弱小的身躯很快就被炙热的阳光烤灼得收缩成虚无。

　　大地上明暗相间,普照的阳光被流动的浮云隔离得暗影斑斑,

金帐汗草原部落

莫尔道嘎

趋黄的草场和青黛的林地次第表演着魔幻般的光影变换。偶尔,一座孤零的红顶房子置身在平阔的草原上,恰巧被一束明丽的阳光笼罩,周遭则是散淡的云影,真如惊魂的幻觉,却是真切的实在。继而,光束里的红顶房子变成了羊群、花牛抑或骏马,平阔草原移转为圆椭的山岗,但明丽的阳光依旧,散淡的云影依然。一个接一个的精彩,惊愕得身心不停歇地震颤。真没想到,一直盼望的理想化的草原美景这般轻易地被我们享受,而且一路相伴。心神的激动荡漾成真诚的感谢,对万物,对大地,对苍天。

我数度停车路边,走进草地,走近田园。没有风,云在移动,一定是天风在催赶。太阳热烈得烫人,外露的皮肤仿佛揉搓了辣椒粉一般灼痒。然而即便有树荫,也不想躲进去。抬头的树枝零乱了云天,宁愿被火辣辣的阳光裹烧。

天蓝得浓烈又深沉,云白得洁净又柔和。瞧那些云,像悬浮的棉絮,像脱落的鱼鳞,娴静的,顽皮的,列队的,散漫的,端秀的,粗拙的……是去赴约集会还是去装饰什么典礼?隆重得有点不可思议。深情的仪态,该不是怀揣了什么礼物吧?如果能看到眉眼,应该是喜逐眼开的吧?

一定是天神的布设,抑或大地的印染。人也能巧手绘绣的,在眼波里,在意识里,用心的针线、魂的彩笔,然后交给蓝天与暖风,世界便发生了奇迹。

躺一会儿吧，厚厚的绿草垫在身下，多像毯子，边上还有鲜艳生香的野百合陪伴，多么舒适温馨，也不失浪漫呢！

如果没有云朵，躺在草地上真不敢直视碧空如洗的蓝天。那种纯粹的蓝，极度明晃丽亮，能把双目刺激出泪花来。云朵的点缀修饰，恰到好处地温和了视线，润和了视觉。天的蓝、云的白交相辉映，看着看着便产生了幻觉，微微闭闭眼就可能走进梦乡。

记得小时候曾躺过草地上睡觉，但久远的感觉已虚无缥缈。一次去若尔盖草原的黄河第一弯，登观景台的坡地上看到一身藏袍的汉子陷进深草里睡觉，羊群在不远处啃草。瞧他憨实的睡姿，昭然了酣沉的梦，游客的喧嚣呼号丝毫惊扰不了他。深草护守着，阳光爱抚着，地当软床天作被，风是摇篮云催眠，他真自在、真会找舒服。几个小时过去，太阳半悬西天，回头看见他还是那个姿势躺着。羊群聚拢在身边，他轻松无聊得好像只剩下了幸福。当时想，如果有一片云遮住太阳，他一准被冻醒，但那天一丝云都没有，烈烈的阳光温温然、暖融融，好像他的神主持着气象。

我没敢真睡，还要赶路，不允许享受草地上的梦境，只能闭闭眼，找一找梦乡的舒服。云朵好像飘动得快了，在碎步跑，你追我赶，似乎有什么力量在召唤、在威胁，难道在暗示我们不该只顾停留？

流动的云移动了风景，也移动了我们的脚步。

坐起来，又抬头看看天，好像突然明白了什么。那越来越浩荡的云，其实就是时间，就是光阴，就是不可留住的消逝。

消逝无法追赶，但可以沿着方向走。

前方又到了那个岔路，我没有犹豫，毅然拐了进去。金帐汗草原部落，离开呼伦贝尔草原前的最后一个人造景点。几天来的草原旅途，我们路经数个人为圈定的草原景观，都没有驻足游览。面对天然，我一直把人工的弄巧看做善意的破坏，没兴致推波助澜。或许今天的云白天蓝舒畅了身心，让妻子女儿进去感觉一下自然与人工修饰的差别，未必不是旅途的圆满。

宣传说，金帐汗草原部落的景点布局就是当年成吉思汗行帐的缩影和再现。不错，历史上发生在此地的会屯战役，巩固了铁木真的蒙古可汗地位。我宁愿相信，当年他们就地搭起了金帐，燃起了篝火，彻夜饮酒狂欢，尽管今人的模仿有借题扬名、诱客吸金的嫌疑。但成吉思汗的行帐不会这么规整有序。金戈铁马的草原习惯了征服后的狂欢，随时都会启程再战。那时推崇的是英雄，如今喜欢的是金钱。门票好像是 20 元。我出示导游证，被引到旁边，确认我只带了两名旅客后，不大情愿地放我进了关卡。

下马酒演义着商业热情，白哈达复制了乏趣礼节。晚上应该还有篝火晚会吧，只是搏克擂台不可能天天有，民俗活动也不会时时办。骑马观光是常规的了，牧民生活的家访体验，纯粹虚假成娱乐表演。去转一转敖包吧，也许最贴近蒙古部落游牧生活的原初情状。

牧草好像比上一次来时深茂，但颜色渐黄。水泥筑就的蒙古包更多，好像有楼房化的趋势。敖包的规模大了，祈愿的哈达稠了。供游客消遣的项目也多了。比如，乘热气球高空俯瞰广袤草原，一人 500 的价格颇能吸引好奇且喜欢挑战的年轻人。高飞的红蓝相间的热气球也为草原增添了另类风景。但散放的牛羊好像离景区越来越远了，人类的热闹影响了它们专心吃草的环境和心绪，景区却少了和谐的点缀。

曲水依旧，远山依然。视野里的草原上，成群的白色蒙古包明显多了，那些都是不断开辟的新景点。偶尔有越野车辗过茂盛的草地，朝更远处的蒙古包群飞跑。我真担心，希望不要有那么一天，这片纯然的草原成为白色水泥世界，青绿的牧草绝不会在钢筋水泥里旺盛出牛羊成群的风景。

"没有路上的景色好看。"女儿说。

缺少色彩，缺少变化，缺少突然而至的惊喜，于是便显得平淡，激发不起待下去的兴致。即便想躺下来望望蓝天、看看白云，杂沓的马蹄、喧嚷的人声也破坏了应有的情绪。

"最好住下来，夜色的星空和早晚的云霞值得期待。"我说起别人的体验。但更多人受不了夜晚的蚊虫，一次经历，感慨多年。

"那就走吧，"妻子发言，"还是去路上看，又不要买门票花钱。"

这就是金帐汗草原部落，毕竟是个景点，毕竟名声在外，不来感觉缺憾，来了后悔又遗憾。这就是旅行，这就是生活，这就是人生。

因而，这更加证明了一点，在草原上旅行，风景在路上。

宁静的旷野

装饰典礼

第十八章 草牧山

进入呼伦贝尔市区已过十二点。

这个时间不尴不尬的。假如住在这里，半天的时间的确没有什么十分值得可看的，比较有特色的是位于市区北郊的侵华日军要塞遗址（如今被称为"世界反法西斯战争海拉尔纪念园"），即便去看也花不了多少时间，而我们一家人最感兴趣的还是自然风光。假如继续赶路，要么往南去阿尔山，要么往东走扎兰屯，纯粹赶路的话，两个地方都会在半下午抵达，时间仍显浪费。吃午饭时商量，索性进抵乌兰浩特市，挤出充裕的时间奉献给坝上草原和承德的名胜古迹及古北口的金山岭长城。

作为呼伦贝尔市的心脏，我们没有进入城市的中心区，而是绕道城外，上了去阿尔山的省道202线。这个过去被称作"海拉尔"的城市，扩张的速度与国内许多有后发优势的中小城市一样，面目日新月异，体态日见魁梧，犹如被激素催化了一般，超规律地膨胀。原来与市区尚有一段距离的属县鄂温克族自治旗，如今基本连在了一起。城市化的步伐，在广远辽阔的草原上，一样踏准了时代的节律。风吹草低，楼宇森森，曾经的万马奔腾移换成车轮滚滚。

我敢说，因野韭菜而得名的海拉尔，流经市区的河岸边不会再有野韭菜迎风傲雪的身姿，公园化的自然生态熏染了过多的人烟气息，应合了人类的文明喜好而丧失了纯自然的生态。后世的人再想

纯粹的草原

寻觅海拉尔的起源,只能沿着河岸走向葱茂的野外,只能在照片和文献里窥见祖先家园的容颜。

本以为离开越来越喧嚣热闹的城市会立刻进入纯自然的草原里,但意想不到的是很快又看到繁荣的大矿区。依稀记得,20世纪80年代,伊敏河露天煤矿动工建设时,曾有过不少报道,好像号称当时全国最大的露天煤矿,据说至今仍可名列前茅。不仅如此,后来华能集团建成电厂后,成为了全国最大的煤电联营企业之一。几乎十几公里路程里,不是城镇就是矿区,不是电厂就是矿山,而它们的周边,便是无垠的草原。露天煤矿,等于在连绵的草原上开膛破肚,将来必留给葱绿的大地块块疮疤。

如果不是这些煤矿,这一路的草原景色应该十分壮美。这里是纯粹的草原,目光所及尽是青绿的草场。起伏的地势和散淡的云朵

大自然爽快慷慨

　　造就了草原的气势和娇艳。今年的牧草异常茂盛，风吹处，犹如丰收的麦浪，荡漾得人眼美心喜。偶尔一条车辙，在深草的坡地上优雅地蜿蜒，仿佛通向未知的神界。公路也是这样无尽头似的伸展，弯曲的路段尽头消失在茫茫的草野里，笔直的路段尽头连向了白云悠悠的天宇。没有任何杂质，牧草仿佛是一色的，裁剪了一般，平展地铺伸，华丽如锦绣。

　　除了公路和行驶的车辆，视野里没有了人类活动的迹象，甚至很远的路程里没有羊群。草，满目的纯净的草，尽是草，哪怕成片的野花也不见。记得前年路过此地，曾数次被绵展的耀目花海迷醉。紫色的，成团成簇；白色的，星星点点；黄色的，杂伴其间。花朵迎风秀姿，如无数舞蹈的草原精灵，给寂静的大地跃动起无限生机。

　　我停车驻足，下到草地上，回头对妻女说："如果早来十天的话，这里是花的海洋,浩瀚无边,美艳壮观。"

"才十天,枯败得这么快呀?剩下这么点小碎花,零零星星的,气势都让给一色的绿了。"女儿怀疑不解,语气遗憾。

"越美的花可能绽放的时间越短,比如昙花,就那么一现,还选在夜晚,好像只有这样才显出珍奇,生命才更辉煌灿烂。"我像在解说,其实自言自语,因为早已走进深草地,寻找那条曾经拍照的花径。

花径上一串羊蹄印,我踩下的足迹早已被岁月解体。旷古的安静在身边窸窣,风声拂耳。阳光在高处猛烈,牧草和野花反逆着阳光的方向生长。最高的草尖似乎被骄阳灼伤,焦枯了一层淡淡的黄。草籽孕育着成熟,把旺茂的草原催促得沉甸甸的。

真是辽阔啊!辽阔得只剩下了静悄,静悄得令人感觉在这宏大的空间里什么都不曾发生、什么都不存在了。

静止,是荡漾的开始。

平展展的草地从身边向四周蔓延,到很远的地方才起伏出缓缓的坡地。浑圆的弧度,如美人的身材。坡上也是草,如碧绿的绒毯,似柔滑的绸缎。再远的再远,朦胧了参差,斑驳出树梢的姿态。偶然,右前方的坡顶立了一棵树,独一棵,孤单得突兀,挺拔得傲慢。

真神了。更奇妙的是,它那么会显摆,却丰富了视觉。纯粹的草原像点睛了一般,

世界反法西斯战争海拉尔纪念园

生动活泼。

　　没看见羊群，更没有人，空荡得寂寞孤独。难道羊群陷在了深草里？可惜风也小，风不吹草不低，哪能见羊群？我情愿不看见。这么深的草地，几天来第一次遇见，多像起伏的麦浪，生长了丰收的欣慰。只有那条黑油路自首着人工的蛮力。笔直，平坦。笔直得像一条线，平坦得如一面镜，伸直到远远的草坡，接连了邈邈的蓝天，才觉得有了弯，弯向了更弯的弯。那直，像一支箭；那弯，像一条蛇；直得锐利，弯得庄毅，消失后仍然还是那样锐利庄毅。

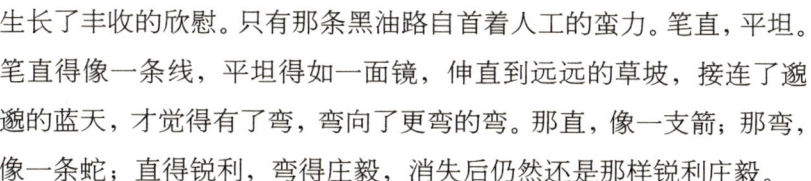

　　路是方向，顽劣地引导我，坡上坡下，反反复复。草原林地，河溪水泊，那棵孤立的树已经提醒我，路的前方有森林遮蔽的阴凉。我抬头，听到鸟声飞翔，翅膀下的风吹出了树叶的银亮。

　　翻上那个远远的坡，终于看到了一座红顶的小房子，安然地端坐在远坡上的绿野里。一缕阳光洒在周边，映亮一群沉静的白羊。继而，坡腰间又站出了一棵矮树。大地的景物陡然再次丰富，单纯的草野被伙伴们修饰得多姿多彩。再远点的坡顶上，孤傲地耸起一座敖包，高远地瞩望，犹如慈祥的母亲翘首顾盼游子的回归。

　　一个高坡连着一个高坡，疏散的树林扑面而来，渐渐浓郁成阔大的林地。草场被威严地分隔、侵蚀、挤压，倏然收缩成林间窄狭的草地。地貌的全然改变水到渠成，刚才还是无垠的草原，刹间穿行在了狭长的林道上。自然景物的突如其来转变往往令敏感的神经产生短暂的不适应，甚至逆反地抗拒，急切地期望恢复到已经熟悉得心爽意美的光景。然而，大地的盛装已然定型，人的心神唯有顺应，才能保有恒持的愉悦。

中途的时候,曾有一个左拐的路口去往红花尔基森林公园,因为确定了今天的目的地是乌兰浩特,我们再次放弃了去看原始的樟子松林。作为我国的稀有松树种,这里的原始樟子松林面积位居全国第一、亚洲之首。

原始丛生的沙地樟子松林,魅力在于原始,在于沙地,在于规模气势,而且与草原为伴,一高一矮,一密一阔,特色互映,假如能像额尔古纳的白桦林那样,修条木栈道导引慕名的游人来,已足矣。但如今建了楼房,修了别墅,辟了狩猎场,开了射击场,俨然热闹的游乐园,当然免不了门票的。大自然的恩赐,总被聪明的人类圈围成物欲的奴隶。

但于我而言,更感兴趣的是在这片原始森林里发现的一处奇异矿泉。有的人说,其质量可与法国著名的维希矿泉相媲美。尤其奇

绵展的耀目花海

异的是，发现的七眼矿泉，限定在了十平方米范围内，功能作用却各不相同，其中的六眼矿泉可以饮用。很难想象，十米方圆，竟然呈现七种神奇。假如掬一捧泉水，暗喜的心该如何指挥犹豫的手？谁能辨析哪一眼泉水最能滋润多疑多欲的心？源自大地心脏的乳汁是否能甄鉴良莠不一的人品？我深知，泉水会沉默，因为它清楚，人心的一切早已明澈地映放在无法掩饰的眼波里。

心灵的窗口，始终一目了然。

后来才知道，我们穿越的那些林地，全是樟子松的家园。渐渐地，浓郁的松林趋向稀疏，从连绵到成片，最后演化成零散的孤树。草原重新施放了威势，视野重新豁朗得无际。地势的起伏增大，总感觉在往高处爬升。牧草贴着地皮生长，时而有黄土裸露，仍被强势的牧草稳固着。羊群多了。人类的作品不时展演，自然的本能力量正与人的生存需求演示着此消彼长的较量。

仿佛突然走上了山巅，而不是突兀的峻拔，却是漫远的平阔。视野的极端，是天地交合的地平线，好像飘逸的云朵直接润泽着大地，遥邈的地表欣悦地与蓝天联欢。极目之内，没有了山高水远的阻障，天地万物都收缩了身段，营造出一个清朗爽目的自然世界。

仿佛突然从平原攀上高原，同样的平阔，气势截然不同。高山之巅的居高临下，有人腿软；深壑之底的昂首望天，有人胆寒。这里带给人的是兴奋、是激动、是万端感慨。站在那么高的高度，与天际的山、近野的原平起平坐，走过去，似乎能毫无阻碍地走到天边。大地万物都成了簇拥左右的伴，伴得心爽目悦、心旷神怡。

走在这样的景象里，真的会恍惚，真的会惊诧，真的要感叹，真的要欢呼。大自然的爽快和慷慨，能把感情丰富的人类激动得抛却羞赧和矜持，像率性的动物一样在草地上翻腾打滚、啸叫嘶喊。

释放，是对天泽地恩的最好报答。

女儿却在梦乡。她在樟子松林里迷蒙了精气神，数天的大美景色麻木了最初的兴趣。妻子叫醒她。瞌睡虫不依不饶，把望向车窗外的眼睛再次蒙眬。我以为女儿即便不狂呼大叫，也得显出应有的激动兴奋，然而她一句话没说，神情无精打采得尽乎萎顿。

这么雄壮浩荡的景观，怎么能在梦境里错过。我不大高兴她的状态，遗憾里窝了火气，话带责怨。女儿努力跟瞌睡虫较量了一阵，但懒恹恹的情绪轻慢了大自然的馈赠。我停下车，站在路边，伸张双臂，向空旷的大地高喊，舒畅憋闷的郁气。我相信山野万物收到了真诚的感谢。

否则，留存的不仅是遗憾。

这一段旷世美景大约处在202省道快要拐向203省道前。路经此地的旅友一定要放慢脚步，梳理好心绪，尽情享受这阔广辽远、气吞山河的壮丽景象。哪怕一声轻柔的感叹，也能给你的旅途带上心轻气爽的愉悦。

赶到阿尔山市已近傍晚五点。给车加满油，一刻不停，我们继续赶路。

第十八章 草牧山

　　山道弯弯，速度根本不像在草原上那样放得开，而且路上的车辆也多，尤其是货车。过白狼镇，好像有一条左拐的路，看路牌，显示是通往明水镇，这样可以不必再走五岔沟，于是，断然拐进去。山林深深，道路弯曲又狭窄，好在路上车子明显少了，前后望去空落落的，偶尔从对面驶来一辆，交错后又是一路空荡。走了一段，前头出现房舍，以为到了明水河镇，谁知到了方知，还是五岔沟。真不知怎么回事。之后曾反复回想，仍解不开其中隐秘。我甚至怀疑，选择的路线绕了很多路程。五岔沟，真像一个魔咒，怎么也没有绕开它。难道它是如来佛的神手，谁都逃避不了？

　　五岔沟之后，尽是未知的新路。山林仿佛往两边退却了许多。时宽时窄的谷地里种满了各色庄稼。洮儿河曲曲折折地流淌，沿岸是丛生的灌木和矮树林。203省道和白城至阿尔山铁路交互着蜿蜒，没有尽头地穿越在山谷里。夕阳的余晖映射在山端，天穹努力守护着最后的暗蓝，周遭的万物都模糊了一层暗影，渐渐消失在昏沉的夜幕里。

　　车过索伦镇，依稀朦胧。夜幕暗合时，好像地貌开阔了许多，应该是穿过了大兴安岭，走进了浅山丘陵地带。沿途的村庄明显多了，庄稼地更加连绵。洮儿河滋润了这片土地，一路风貌可圈可点，只是暮色沉重，识不得真面目。

　　车辆少，夜色浓，我不由自主地加快了车速。曾经有一段路，夜幕尚未闭合之时，我竟然加速到140余公里每小时，惊吓得副驾驶座上的妻子连声喊慢点开。几天来，第一次跑这么快；会驾车以来，第一次跑这么快。夜色胁迫了我，僻野恐吓了我，路遥威逼了我，愣劲绑架了我。不懂危险，不知危险，轻淡危险，危险就在前面，等待着每一个蔑视者。

　　我没有胆怯，因为尊重无关胆怯；我懂得尊重，因为生命应当尊重；我热爱生命，因为还有一路风景。

　　再深的夜，再荒的野，再远的路，都得悠着来。

　　悠着来，是一种不大好玩但值得效仿的境界。

第十九章 红色城

如果单从城市的名字溯源，乌兰浩特的历史不长。

这座原名"王爷庙"的城市，元朝时曾是成吉思汗三弟的封地。清朝的第三代札萨克图郡王鄂齐尔在这里筑建家庙，人口开始聚居，王爷庙的名称由此叫起。1947年，东北地区率先解放，在这里成立了全国第一个少数民族自治政府——内蒙古自治区人民政府，于是

土地开垦成农田

把王爷庙改名为"乌兰浩特",蒙古语意为"红色城市"。后来,自治区政府迁往呼和浩特,但乌兰浩特的名字保留了下来,如今成为内蒙古兴安盟的首府。

世事沧桑。走在这座名字极具蒙古民族韵味的城市里,除了满街蒙汉文字交错的标牌,很难再看到和体味到其他彰显民族特色的风物来,无论是服装和语言,或者建筑和街道,与其他的城市几无差别。好在夜晚街边的小吃飘出新鲜羊肉的异香,在勾起游人食欲的间隙,终于能让人惊悟到这是一座有着少数民族风俗传统的城市。

夜晚的城市灯火灿烂,清晨又一派安宁。因身体疲劳,夜色下没去感受城区的繁华;因要赶路,清晨也没去街面上游逛。乌兰浩特为我奉献了歇息地,我却没有细睹它的容颜,更不用说感应它的心跳和气息。可是,出城时的一次遭遇,又让我对这座陌生的城市和它的市民产生了铭心刻骨的敬意。

依常规的路线,我们应该出乌兰浩特向南走国道111线,经科

草尖已趋黄

尔沁右翼中旗到通辽,然后再往西南经赤峰到围场,转往坝上草原。但行前从有关资料获得信息,内蒙古贯通东西的省际大通道已经通车,这

粗犷朴实的美

条新建成的一级公路不仅笔直,而且可以预测,行驶的车辆也不会太多。所以,选择走这条路,既省时间,也更顺畅。可惜因是新路,老地图上没有标注,新地图没买到,网上查询也没有(只有消息和大致走向),只能边走边问。出城后如何拐上大通道就成了第一个问题。

绕着城的外围转,边走边看路标边,询问行人,起初只是指出大方向,渐渐说得更明朗。当遇到一位骑摩托的中年人时,他不仅明确地指出路线,又怕我走错路,热情地骑车给我带路。我很不好意思,恐耽误了他自己的事,不料他爽朗地笑笑,说他要去的地方正好同一个方向。后来才知,他并不是往那个方向去,送我们到最后一个路口后,他调头返回了来时的路。

热心的好人,憨厚的东北汉,纯朴的男人。

而我呢?心里数度想拒绝他的热情和好意,不是客气,更不是

小麦一样高

担心误了他的事情,而是恶意地揣度他是否以带路为由谋取不法的经济收益。客居南方的我,习惯了曾经简单的人际关系被金钱利益左右和掣肘的氛围,有这样的担心顺理成章。可尊可敬的中年男人或许不知,像他这样为人带路的行为,在南方沿海的一些所谓发达城市不仅可以名正理顺地索取报酬,而且已经沉淀为一种名正言顺的成熟职业。假如他开始时明确向我提出报酬,我尚且不会紧张,明码标价,一目了然,付出劳动赢得报酬,依我的经验已属情理之事。我紧张的是他并没有提及所谓的带路费,一旦到了目的地再索要,恐有漫天要价之忧。

真是好心被恶意揣度,热心坦然,疑心惴惴。本来单纯互信的人际关系,纯朴的中华传统民风,竟然被利欲的铜锈污染,浸润了越来越现代的文明人的意识里,成为了生活中习以为常的心态。好在此种现象还只是局部现象。因而,我渐渐心安下来,跟随在他的摩托车后面,拐过一个又一个十字路口。

热心的中年人在路口的不远处停下。我敬重地摇下车窗,向他致谢。

"从前面的路口左拐,一直走,不远就能拐上大通道。"中年人边说边指方向，随之摩托也掉转着车头。

"谢谢你了，真不好意思，这样麻烦你。"我言由心生，还想加一句："你真是个热心人。"酝酿在心里，感谢在心里，却没有说出口，好像觉得说了未免造作，显得虚情。

"这有啥子，顺脚的事，走好啊！"男人边说边憨憨地笑着，跨上摩托车走向来时的路。

放开脚刹，车子往路口慢慢滑行，突然望见一名警察向这边走来，举手示意我把车子停向路边。妻子不安地问："怎么啦？"我清醒地应道："我们刚才的停车违章了。"车停稳，摇下车窗，警察靠过来问："怎么停在主行车道上？请出示驾照和车证。"我不敢怠慢，赶紧掏出证件递过去，并恭谨地解释原因。年轻的警察看了驾照说："行车证呢？"我继续翻找，却怎么也找不到行车证。年轻警察的态度趋向强硬，责备道："没有行车证驾着车跑这么远，这可不是一般的乱停车问题。对不起，扣车。"听他这么一说，我不仅紧张，竟然蒙了，一时无措。车证真的不知放在了何处，警察的执法及态度无可厚非。想了想，唯一的办法是矮下身子说软话说好话。

"你们这儿的人太好了，太热情了，我都不知道怎么感谢才好，真是既纯朴又善良，令人无比感动……"我先送上一堆赞美话，然后把前前后后的过程详细叙说一遍，最后又落在对当地人的赞美上，同时信誓旦旦地保证从此再不犯同样的错误。年轻警察镇定自若，但我看得出已有效果。

"不要以为外地车就可以随意违章。"他警告说，语气和缓得令人感到亲切，"外地车更应该遵纪守法，法律面前没有特殊。"

我赞同着他的观点，态度诚恳得令人心软，同时又不失时机地继续赞美当地人的善良和热情。年轻警察笑了笑说："你这个人真会说话，好像你占着理了。"我也笑着说："哪能这么说，我十分清楚违法的严重性，诚恳接受你的批评教育，保证今后不会再犯同样错误，但是……"

给向日葵们拍个合影

又是一番诚恳的检讨、保证,当然更多的还是对当地人的赞美和对警察严格执法的肯定。年轻警察收住笑容,将手中的驾照递给我,最后教育了一句:"任何地方任何时候都应该守法。"

"一定,一定。"话音未落已钻进车里,立刻发动,当然不忘束上安全带,打开左向灯,油门一踩,先缓后快迅速离开。启动的刹那,客气地面带笑容向年轻警察说了声谢谢,甚至不忘向他竖了竖大拇指。转过路口后,身心猛然放松,像躲避了一场大难,长长地呼出一口气。

拐向省际大通道之后,仍不免回想刚才的一幕幕,既庆幸又感动。一系列的想不到萦绕在脑际:想不到乌兰浩特市民这么热情(乐于帮助陌生人),想不到这么早(刚上午八点多一点)警察已经上路值勤,想不到远离市区的十字路口也有警察,想不到年轻警察如此恪尽职守,想不到年轻警察这么理性执法,执法中荡漾着温心的人情味……于是,不仅仅是感动,也不仅仅是感谢,更多的是感慨和

夕阳下的山林

感佩。

乌兰浩特，一座温情四溢的城市。

人好，公路也好，不仅路幅宽，路面是簇新的黑色柏油，亮崭崭、平坦坦的。车子也稀疏，跑起来人畅心舒。选择这条路，无限正确，尽管遇到一些小插曲，但不影响整体策略的完善。不仅如此，由于是新辟的道路，选线时远离城镇，基本在相对自然的原野上穿行，景观就显得纯朴纯净，视野也开阔爽目。

越往西走，越不是纯粹意义上的草原，但时而也有宽展的草原陪伴在路边。草不深，草尖已趋黄，时而有裸露的黄土浸染在草地上，视野便被剥蚀损创得呈现些许苍黄。地势的起伏显得有点急躁，一坡连一坡，如波涌浪卷的海面，近处尚能看到坡面，再远全是层叠的谷峰。

偶尔，一片深绿撞入，紧接着就是青葱的树林，但总是一闪而过，成不了视野里的主角。于是就想，那里应有一处水面，最起码是一块湿地，水分的滋养丰富了绿，也才茁壮起更高的树丛。

天是蓝的，有散淡的白云，但天蓝得模糊，云白得朦胧，仿佛一层若隐若现的雾障缠绵着云天，既不明净也不疏朗。假如这样的云天是在呼伦贝尔草原的上空，想必该是另一番如水洗般的清湛。

有了这种心态，难免积存起更多的不如意，即便眼前出现独特的景致，也要用呼伦贝尔草原的大美去贬抑。人的欲望一般是从低到高地满足，一旦从高往低，是不会如意的，尤其是看风景。名山大川刚归来，如果有人邀请去爬附近的小山，恐怕是提不起兴致的，因为心劲、灵魂还萦绕在名山大川里，没有更能震撼身心的风景，哪里还有吸引力。

然而，这一路的景色不时能带来惊喜，丰富和独特润泽着起伏不定的情绪，抚慰着欲望高涨的心。看呢，多少风电塔架呀，像白色的森林，旋转出温心暖意的财富和光明。再瞧这一片草原，点缀着孤然傲立的树，稀疏有致，没有两棵并立，更没有成丛成片；不规则的距离,如繁星落地;矮实的身躯举起浓密的树冠,把单调的草原装饰得动感空灵气韵绵亘。还有呢,那一座红瓦白墙的小房子,端立在草地的中央,小得犹如家园的鸡舍,却又精致得仿如皇城的宫阙,像黑暗里的灯火,如大海上的航标。匆匆路过,很难揣测它的用途,却勾人一路都在怀想。透过心思回头凝望,不断用思想研磨,剥开坚实漂亮的外壳,亮出内里隐密的趣事,到头来全是想象。

有一点可以肯定,那一定是人类的杰作。好像就是过了那座孤寂神秘的红房子之后,草原的身姿突然变得瘦削,继而渐渐收缩成无影。大面积的土地被开垦成农田,土豆、玉米、谷子、高粱、向日葵等等,连绵不绝。妻子和女儿第一次见到这么宏阔的庄稼地,兴奋之情不亚于初次踏进无垠的草原,特别是谷子和高粱,都是第一次见识,难免兴趣盎然。

跟向日葵合个影吧!和高粱穗拍个照吧!比比谁笑得好看,看看谁脸颊儿更红灿。沉甸甸的果实都饱满了,我们也是一路走一路采撷收获。女儿说:"向日葵让人脸红,谷子高粱令人踏实。"或许她不知,令人踏实的大都朴拙粗涩。

粗朴的美,起码不像艳丽刺激眼睛。一旦迷魂,如同堕落。

我钻进高粱地,拂叶走风,沙沙絮语,吻在皮肤的痒,软心。

于我而言,自高中毕业离开家乡后,谷子和高粱几乎再没见过,这次再见,如巧遇久别重逢的老友,异常温馨亲切。谷子已抽出长长的饱满的穗子,齐刷刷地低头相迎,客气得令人心生欢喜。高粱则俏皮地挺举着硕大的酡红头颅,微风掠过,挤眨着眼睛,摇头晃脑展示波澜壮阔的热情。谷子一样高,仿佛被神奇的手裁剪了一般,平展展地一直延伸到蓝天的边沿。向日葵最为热烈,绽放着张张喜幸的笑脸,能把人的心激荡得热血澎湃;迫不及待地要站过去,两张脸贴在一起,比比谁更能焕发童颜。

假如再过些日子,眼前的果实会成为长途跋涉时中途小憩的鲜野美味。即便这时,捏一捏日见饱满的玉米粒,口中已蓄满乳白甘甜的液汁,恨不得剥开绵软的包衣啃上几口,那会比在城市菜场上买得的所谓甜玉米清香百倍,余味恒久养心。还有向日葵,虽正值花期,但果仁已排列得密密实实,掩藏在花粉迷眼的花蕊下,颤悠悠的,怕被人触动了还不坚硬的身子,周边舌状的花叶黄灿灿地张开笑脸,羞怯的模样消隐了欲去品尝的祸心,只剩欣赏的感动。

西瓜摊堆起馋涎的甜。还有香瓜、甜瓜、脆瓜、苹果、梨……一堆堆、一筐筐、一篮篮,红黄青绿的色彩,振奋了疲乏的眼。红砖瓦的平房上飘浮着散淡的炊烟,母亲手提饭菜甜美地招呼守摊的孩子,似乎村村户户约好了一般共进午餐。我们下车挑了两个香瓜,妻子女儿拆开了一包全麦饼干。

连绵的庄稼、成熟的果蔬、缭绕的炊烟……勾起了旺盛的食欲。看了一眼前方的路牌,我们坚决地拐向扎鲁特旗所在地鲁北镇。

花儿如齐声欢笑般绽放

第二十章 幻化景

沿一条泥泞坎坷的路,颠簸到扎鲁特城里。

街两边的房子灰头土脸的,如我一路风尘的车子,失却了本真的面貌,但细看并非岁月风霜的侵蚀,而是原本就生得不太雅观。转过一个小模小样的十字路口,才走进有点城市感觉的街道。然而,几乎体味不出草原城市的风格,更难见民族聚居的风情。草原的绿没能净化街道的灰尘,旷远的景色没能装扮城市的气质。即便再多走几条街道,也不会有新的惊奇。不管从哪个角度看,它与内地平原上的小县城几乎没有差异。失去特色,便如人一样没了性格,平庸到低俗的雷同。所以,应当推举阿尔山满洲里,哪怕另类,也比平庸令人心慰。

环境左右人。出城时,看到路边有洗车的招牌,手一动打转了方向盘,心里不曾酝酿,本能地要将一路的泥和灰洗掉在这里,好像这里的卫生状况就应该接受满车的脏污似的。尽管洗得不是十分专业,但一路上无数飞虫的僵尸混合污血黏成的一层彩垢,在反复几次的擦洗后流进了泥泞的沟漕里。

车身焕然一新,心情随之轻爽。

刚把脏污留给了鲁北,一动身又将甘甜带上了路,真的有点对不起鲁北了。出城的路边摆满了瓜摊,西瓜、甜瓜、黄瓜,新鲜又便宜,哪能错过。出来了六天,今天第一次遇见这么多的瓜摊。不

第二十章 幻化景　207

河水漫过谷地

山峦越来越嶙峋

裸露的山岩

必细拣精挑，随手抱起都是勾人流涎的甜。在东乌旗买的水果刀更有了用武之地，妻子坐在车上切开西瓜、甜瓜，一口一口地塞进我嘴里。窗边的风于是夹带了几分甜意。

车子干净清爽了，肚子殷实饱满了，滋润得精气神十足，脚一踩油门，速度在空旷的宽而平的油路上像松了套的骏马一样撒欢。本来路上车子就少，恰值正午的时光，更显疏落，假如新手学车上路，这样的路段真是梦幻般理想。

地貌不成规则地变，但远山渐渐占据视野的主角。云层厚起来，把山的背景扯成灰蒙蒙的幕。近处的田园好像慢慢贫瘠，阔展的庄稼地呈现高矮、密疏、肥瘦、青黄不一的参差，更多的地方被杂乱的灌木荒草侵袭。山体则是寸草不生的灰色岩石，裸露的身躯刻画出狰狞的面目，刺激得人心无端地战栗。那该是万年的风雪雷电创

广袤丰饶的草原

造的残缺,岁月的线条深刻鲜明地镌刻出苍凉后的沧海桑田。难道是山的狰狞面目惊吓了土地的心魂,还是山体灰朽的骨血污染了原本丰沃的田园?瘦弱的庄稼无声无气地标注出心犹不甘的答案。

再往西走,山体越来越层叠,山峦越来越嶙峋,庄田越来越稀疏,荒草越来越苍郁。山是秃的,田是荒的,草是杂的,没有村镇,没有田园,没有牛羊,仿佛突然间远离了文明走向了蛮荒。要不是脚下现代化的路面,真有移天换地的错愕、时空穿越的茫然。

巴林左旗过了,巴林右旗过了,林西县也已甩到了身后,但这只是意念上的空间,只是公路上的路牌和转弯,实际上距离真正的城镇还很远。公路的沿线连小巧的村庄都少见,车子完全走在了荒僻的山地里,直到拐向克什克腾旗的路口,我才长舒了一口气。

选择了这条省际大通道,只能探索着前行。依常规的线路,过

林西后应左拐往赤峰，至少，在克什克腾旗的路口必须左拐，否则就得继续西行经正蓝旗后回北京。那样的话便背离了初衷，整体的计划完全打乱，是会心不甘而留下遗憾的。然而，是否有路直通今日的目的地乌兰布统，心中无数，尽是茫然，意念里却默默认定应该有直达的近路，哪怕是条小路。对奔驰在大地上的旅人而言，盲目地前行是最忌讳的，甚至是致命的，但因为今日的盲目有补救的退路，胆子在侥幸和希冀的驱使下异常勇猛。通过寻问偶见的几名路人得知，有条县道可去乌兰布统，畅快的心胸即便用心花怒放、心荡神摇也是无法准确形容的。

路不宽，但路面很好，清一色的黑色柏油，弯绕在山石怪异的熔岩台地间。山岩赤裸，却有星星点点的绿色装扮，沿着裂隙沟缝，漫溏到坡地上，浓郁成齐整的草场和庄稼地。不规则的山地造化出不规则的谷地，有土的地方就茁壮出生命的绿意，人类的足迹便顺沿着绿茵探索着前进。

造物主对这片土地真的很慷慨：南北是广袤丰饶的草原，中间的山地虽然裸露得苍凉，但苍凉中时常夸张出别样的独特气质，内含的热烈和外展的威势能把人的心绪激荡得狂放。

就在这片山地里，藏匿了罕见的古冰川遗迹冰臼群，摆放了规模宏大的花岗岩石林，安坐了星罗棋布的火山群和由此孕育的号称热水汤的温泉。天设地造的怡人美景，直到如今，每一个都还名不见经传，但群体的力量聚合成的世间罕有的地质画卷，一旦名声在外，恐怕这片沉静的山峦会热闹非凡。真担心它一时适应不了喧闹呢！

如果往西多走几十公里，就到了"像大海一样宽阔美丽"的达里诺尔湖。如果溯源历史，那片土地上曾繁荣过元朝最后的都城应昌路，曾经的辉煌在战火的洗礼后被岁月的风霜鞭打成断壁残垣，悠悠历史的影像在一处处遗存的塔、寺上闪映令人感慨的灰黄，不禁叹息消失的盛景和残旧的废墟能否承载不灭的记忆，更年的繁茂野草是否会佑护古迹精魂的围墙！

油菜花田边的女儿

消逝的不能重现,遗存的应该珍爱,就像盘旋而上的山路,虽然崎岖,攀得再高,也能回望到来时的路段。这样走下去,心里才更加踏实。

有几个瞬间,西沉的太阳穿透厚重但闹起了矛盾的云层,将阴沉森然的山峦映照得油画般灿烂。时间虽然很短,但每一次照亮仿佛都昭示着前方的路越走越顺畅,越走越壮美。

转上一个山腰,俯视前方,一条缓流的河水弯曲在沟壑间,把沿途的山势冲刷得幽深沉毅。河水漫过的谷地葱笼起绵延的湿地,坡地上的庄田也因了水的滋养呈现丰收在望的喜人景象。猛然,河的臂弯里、山的怀抱间会冒出一片红瓦红墙的村舍,缭绕的炊烟升腾到嶙峋的山岩,把死气的灰黄熏蒸出丝丝缕缕、沾染了人间烟火后的神奇活力,于是整个山地河谷都旺盛起生命的喜气。

这就是发源于乌兰布统附近的西拉木伦河,再流下去就是辽宁省最大的河流辽河,最终注入渤海。河面不宽,掩映在密密丛丛的湿地灌木里,仿佛调皮的顽童,幅度极大地在沟壑谷地中弯曲迂绕,将走过的地方都喧腾得生机无限。

越走植被越繁密,河流在盎然的绿廊里,一点儿也看不见河水。公路基本上傍着这条河在山里伸延。很难想象,如果没有这条河,这一路的地貌该是另一番荒凉。不管是哪一座山,上部基本都是突兀裸露的山岩,苍黄灰暗,别说毫无生机,看一眼都觉得心里寂冷。但流动的河水把生命的绿漫上了山坡,更把经过的谷地滋养得良田万顷、牛羊成群,旺盛的林木草地一直冲出山地,走出苍凉,蔓延成广阔的森林草原。

变化是在不经意间完成的。好像是爬上了一个坡,视野豁然,周遭是不绝的樟子松林,公路恰好与松林的尖梢平行,但这种地貌很快改变,车子走在了林荫夹道的公路上。野花是路边的主角,紫的、黄的、粉红的,把面积占优的白花羞腆得低头不语。有草的地方就有野花,虽然樟子松林将阔大的空间强势地占据,但顽强的野花见缝插针地在阳光透视到的空隙里灿烂。满目的绿色中跳跃起欢快的彩蝶,翩翩舞蹈,舞得大地一派明丽。

樟子松林终于退到身后,眼前突然呈现波起浪涌般的草原,茁壮的牧草葱绿得无比浓烈。视野无法扼制地无限扩张,仿佛广袤的呼伦贝尔草原魔幻一样又在这里再现。心胸无比畅快地向率性豪爽的大自然敞开,阵阵的欢喜无拘无束地荡漾在车里。

这景致转换得太快了,比穿越还像穿越。"没有反应过来呢,怎么一下子从山地跑进草原了。"女儿边感叹边扭着身子从后挡风玻璃看刚才的山。

山在眼前,树在眼前,回头或许仅是眨眼之间。比邻而居的山地和草原,突兀的变幻省略了平淡的过渡,错愕的惊奇后必是荡气回肠的爽心豁目。

"很神奇。"妻子也说,"豁然开朗就应该是这种感觉吧!"

"大地对不辞辛苦的人向来慷慨。"我的口吻有点得意,"风景在路上,一直在路上,等待着行走的人,如我们。"

然而高兴的心劲还没有尽情释放，忽然见前方的路边停了很多车，到跟前才知是景区设置的收费站。一根简易栏杆拦住去路，旁边一座小房子，简易破烂得如要饭的叫花子。一些早到的车主正与收费者韧劲十足地交涉，声称不去景点只是从此路过去承德的围场，但收费者面无表情态度强硬，吐出的每句话都像扎人的针刺，刺得人心疼。

　　"爱过不过，交钱放行，不交钱退回去从赤峰走，别耽误工夫。"收费人抖着手中的钱，语带不屑。

　　"瞧这天色已晚，退回去从赤峰走要赶夜路的。行行好，给个方便吧！"交涉的人话软心急，近乎乞求。

　　"夜路不夜路关我屁事。"收费人话粗气横，一副金刚模样。

　　等在一旁观察行情的其他车主不免议论："这草原又不是他们耕种的，这公路又不是他们修建的，凭什么设个路障就收钱？这些旅游景点的公司真不讲理。"有人接口道："凭他们哪敢，后头有政府撑腰，他们拦路收费，回头就给政府分钱。"于是，难免一番难听的议论诅咒。

　　我没犹豫，目的地就是去往乌兰布统的红山军马场，买门票理所应当，无须求情申辩。我当时甚至怀疑，等待交涉结果的不少车主，目的地并不是承德的围场县城，或者直观说并不是仅仅路过此地，说不定他们跟我一样今晚也是下榻在红山军马场，只是瞧见有人交涉，想跟着找巧不买门票而已。不料，这种恶意揣度别人的结果，第二天就应验在了我自己身上。

　　看罢乌兰布统的主要景点，我们最近的路是越过内蒙古和河北两省区的界河吐力根河（滦河源头）前往围场县，然后抵达承德。如果不这样走，就得回头经克什克腾旗转往赤峰再去承德，那样要绕几乎一个整圆，路途相当远。但问题是，内蒙古这边有乌兰布统的红山军马场，界河那边就是河北的坝上草原——景区塞罕坝。两个景区虽然仅仅一条小河相隔，而且景观雷同，但因为分属两个省区，管理完全分隔独立。所以，只要跨越省界，就等于进入了另一个景区，毋庸置疑必须再次买票。然而，我这次确实只是从此经过，毫无心劲再去欣赏所谓的景点，并且诚实到可以拿人格担保。可是，一切解释无用，摆在面前的只有两条路：要么掏钱通过（当然，如果感到吃亏，欢迎到美丽但跟乌兰布统景色几乎雷同的塞罕坝游览），要么转身拐到赤峰去承德。别无他法。

真是无奈叹无奈，咒骂声在口腔回旋，心里恼恨得真想临时将横在公路上的栏杆毁掉，然而冷酷的现实只能憋着满腔怒火，赶紧离开这块景色美丽但人心丑陋的遗恨落骂之地。唉，这种合法不合情理更无人性的做法，与过去的非法占山为王、今日的车匪路霸有什么本质上的差别？如果非要说出点不同，或许他们没有气焰嚣张地向过路人怒目吼叫：此景是我管，此路是我修，要想从此过，留下买路财。或许他们对异议者没有危害生命，但这种做法对精神的折磨和心灵的创伤，却是有过之而无不及的。

物欲的魔杖，怎么点化得了某些人这般厚颜无耻不择手段。

两地的门票价格分别是：内蒙古红山军马场每人65元，河北塞罕坝每人110元。这是2010年夏季的价格。随着旅游的兴盛和热爱大草原风光的游客增加，这个价格一定会见风上涨的。我真诚地告诫后去的旅友们，行前一定要设计好路线，切切防止被兵不血刃地割上一刀。

再美的景色也弥合不了心灵的创伤。

这期间还有一个小插曲。等我买好票越过清碧的吐力根河进入塞罕坝景区，旁边就是一个加油站。加油间隙，一身工作服的年轻小伙子见我一直回望还有很多旅游车主仍在力争免费通过收费站，于是问我有没有买票。我窝心地说："不买票他们怎么可能开恩让我过来。"小伙子诡谲地说："你如果跟他们说只是过来加油，加油后还返回去，他们会让你过来的。"我惊愕地盯着小伙子，意思是问可能吗?小伙子肯定地答道:"可能的,不少司机都是通过这种方式逃票的。"听他说逃票,我的心里仍不悦,凭着诡诈的侥幸通过,目的却是逃票,未免低劣,因为我们的气愤在于:他们根本不应该这样蛮横地收费。

话虽这么说,出于一种泄愤心理,以后再去的旅友不妨依从小伙子的点子一试。在油价日益高企的今天,省下几张所谓的门票,会让车子吃得饱些跑得畅快,当然更会让刚才还郁闷的心情在壮美的大自然里更加舒爽。

夕阳西下时,我们到达了今天的目的地、位于乌兰布统草原的红山军马场。

地貌不成规则地变

第二十一章 醉秋风

如果没有旅游业的快速发展，如果不是距离北京、天津的路程那么适宜，这里可能还是单纯的驯马场和国有林场，但正是有了两个前提条件，这里成了北京、天津的天然后花园，成了名声越来越响亮的旅游景区。所谓的坝上草原或坝上秋色，中心点就是这一片区域。

再往前推，清朝时，这里是满皇家族的狩猎场，辉煌时面积曾达一万多平方公里。从康熙到嘉庆，大大小小的狩猎活动进行过百余次，以至留下了木兰围场的地名。据说，当年这里是绵延无际的原始森林和蒙古草原，山川秀美，林壑幽深。清朝后期由于大量伐木，原始森林被伐尽，荒凉到"飞鸟无栖树，黄沙遮天日"的境地。20世纪60年代筹建林场，如今成为全国面积最大的人工林场之一。近些年，休闲和民俗旅游盛行，以塞罕坝为中心的景区迅速扬名。

两年前的深秋，曾随旅行团到过塞罕坝。那里四面被山林环抱，一条十字街支撑起一座小村镇的身子骨。新起的房子大部分是宾馆饭店，街面的交谈多是京味十足的普通话，像是一群群北京人优雅地在自家的四合院边闲聊。这次落脚的红山军马场，属地在内蒙古，虽与塞罕坝是一河之隔，但地貌迥然，举目四望，几乎看不到成规模的森林，而是一坡漫过一坡、绵绵不绝的宏阔草原。

这里的建筑物似乎更新，沿丁字型的公路两边散漫排列，也就是说根本没有自己独立的主街道,仅仅是茫茫草原上的一个三岔路口,可见它的小和新。建筑与塞罕坝一样,不是宾馆就是饭店。沿街的小门面则开着小饭馆和土特产店,服务的对象当然是蜂拥而来的游客。

就地形而言,这里恰处内蒙古高原向冀北山地的过渡带,积年的厚实沙土覆盖在古老的花岗片麻岩构成的山岭上,由于植被丰富,沙土层被牢牢锁住,形成起伏不平的浑圆丘陵地貌。远望去,像一堤连一堤的天然大坝,把北边的浑善达克沙地巧妙而客气地挡在了身边,哪怕那里的沙丘像海啸般汹涌,再强的沙浪一旦临近这片绿色长城,也会心犹不甘地偃旗息鼓、俯首认败。于是,这里又有了一个通俗而

秋天层林尽染

略显诗意的名字——坝上。

由于是地貌和植物过渡带,这里的草原也不是纯粹意义上的一望无际。许多的坡地上都有零星的或成丛成片的沙地榆、小山杏、蒙古栎、白桦、樟子松、落叶松等树木,将起伏不定的大地装点得更加丰饶而充满灵气。沿着这些树的足迹,随着这些树的身影往南走,渐渐变换甚至是突然变换的景致,令人错愕得怔愣惊疑,先是葱郁的树林,再就是深幽的谷地,仿佛眨眼间就进入了坡陡沟深地势险峻的山里。

这样的地貌与生态,不同的季节里景色迥异,且特色鲜明。春日万物复苏,草长莺飞,生机感天动地;夏季蓝天白云,绿草如茵,

霜降时节的清晨

牛羊成群，凉爽宜人；秋天层林尽染，溢金流丹，姿彩万端；冬令白雪皑皑，银装素裹，玉树冰花，尽展北国风光。

当然，要推最美，应属秋天。秋天是收获的季节，景色也成熟得惹人欢喜。有人说，天下的美景少不了春花秋叶的修饰，坝上的秋色正是得益于色彩斑斓的秋叶。当秋风一遍遍扫过大地的时候，绿色的山林草原日夜不息地被秋姑娘恩爱抚摸，羞涩的脸颊荡漾起映天美地的红润，身姿也激动得泛涌起明丽的金黄，把一世的生活都装扮得红红火火。

不同的树种，幻映多彩的色调；不同的地形，闪烁奇妙的明暗。色彩的浓淡、强弱、薄厚、聚散，总是那么恰到好处而又不可思议、难以捉摸。该热烈的绝不收敛,该烘托的绝不张扬,该明快的绝不混沌,在霞光和秋风中失控般流泻横飞,黏稠的色调能让视觉失去焦点。如果比喻的话,真像上帝精心打开的调色板,相互纠缠得毫无节制,恢宏绚丽,大气脱俗。

秋叶是成就秋色的基础元素,假如缺失了地形的修饰、家畜的装点、光影的变幻,再丰富的秋叶呈现出的秋色也会因为过于单一而大为逊色。正是有了圆润起伏的山丘,悠然闲适的骏马,白云飘落般的绵羊,瞬息万变的光影,与炫彩夺目的秋叶共同构造了绝世无双的坝上秋色的美丽。

幅员辽阔的中国盛产壮美秋色,假如按时间推移,九月中旬的喀纳斯,仲秋的塞罕坝,国庆节的长白山、阿尔山,十月中旬的稻城亚丁,十月中下旬的米亚罗、九寨沟,十一月中旬的桂林古东,十一月下旬的婺源,在旅游界、摄影圈都久负盛名。由此,塞罕坝又被摄影家们誉为中国四大最美摄影天堂之一,其他三个分别是四川的稻城亚丁和新都桥、新疆的喀纳斯及禾木、云南的元阳梯田。

单从摄影角度而言,相比于其他地方的秋色,塞罕坝的构图元素更显丰富。曾有人按一天的时间做出过这样的安排建议:清晨拍山,上午拍树,黄昏拍牛羊。当然这些元素不是孤立的,而是相互融合的,只不过是略显突出主角而已。

秋风后的圆润山丘,割过牧草后一色烟黄,无意中留做了最佳的底色。一棵树,或一丛,圆硕的头冠,如夜色里冒出的蘑菇,绿的鲜,黄的灿,红的艳,在清晨柔和的暖阳下投映淡雅的光影,乍一出场就成了画面的主角。假如坡顶上有几匹马,不管是枣红或者乌金,不管是摇尾闲立还是低头吃草。一群白得如雪的羊也可以,它们的使命就是令画面空灵生动,气韵祥和。

当然,光影的变幻更不可或缺。清晨和傍晚最好是阳光普照,因地势的起伏造成有阴有阳,特别是阳光轻柔地抚摸五彩的树冠而在大地投下树的模型,明暗参差,强烈的差异对比便成就了令人惊叹的美。阳光高照时，天上最好有云，只要不是厚实得遮天蔽日，总会营造出千变万化、气象万千的景色。如果清晨的坡谷间能飘浮一层云雾，人从云雾里走上坡顶，眼前的世界会令人恍惚犹如梦幻，手里的相机成了十字架、成了念珠，被震撼的神情尽是无限的虔诚。

感谢造物主的恩赐。

实际上，大自然的景致无法设计，太过执着的预想可能收获闹心的不如意，或许有违心愿的变化带来的景象更令人惊奇。所以，保持平静的心态，顺应自然的意志，提升善于发现和捕捉的技巧，哪怕风景瞬息万变，收进眼底的美也已变成永恒，静卧在相册里，荡漾在精神里。

当然，出外旅行，一定要做到正确的时间去正确的地方。一般而言，正确的地方选择不难，但很多人往往忽略了正确的时间，甚至有的人根本没有这种意识，因而旅行的质量大打折扣，不仅是金钱的浪费，更给精神带来创伤。曾无数次听人调侃旅行：不去终生遗憾，去了遗憾终生。这种心态的形成，多多少少有错误的时间去了错误的地方等因素，即便是错误的时间去了正确的地方，也难免不会产生上述心态。

因此说，旅行是一项专业性很强的体力和精神活动，身心愉悦是终极目的。也许，时间和地点的正确选择不见得收获预想的结果，大自然的不可预测时常左右着我们的选择。有道是谋事在人成事在天。顺天应时，用感奋的心怀享受自然的馈赠。

比如塞罕坝，我曾两次造访。两年前的仲秋，为看坝上秋色，特意缩短了在北京的行程，安排到承德和塞罕坝。那次的季节略微晚了点，但坝上的秋色依然浓烈，机会还是极难得的。谁知，路途上多安排了一天游金山岭长城，那夜北风侵扰，冷霜落地，竟将漫山遍野的五彩无情地吹打到地上，起伏的草场也收敛了恢宏大气的明黄，满目的美丽秋景转眼萧索得生机尽失冷寂苍凉。一路走去，虽然成片的樟子松仍然顽强地挺举着一身橙黄，但颜色明显趋暗，即便阳光抚爱也唤不回昨日还曾耀目的金黄。最可怜的是其他的杂树，尤其是谷地的矮灌和散落在坡地上的蒙古栎、沙地榆、小山杏，这些曾经最为炫彩的成员，大多已被冷霜寒风折磨得赤身裸体、面目萧条。就连枝叶扶疏、姿态优美的白桦，也只剩下洁白雅致的树干，枝条光秃秃的可怜兮兮地伸向清冷的天空，像要索回多彩的盛装似的。

那天残阳如血，恋恋不舍的夕阳是否想再多温暖一会儿我们灰冷的心？那夜月冷风寒，脉脉温情的嫦娥是否要再多抚慰一会儿我们消沉的魂？

第二天一早，我是踏着满地白霜走向草原、走进枯悴的林地的。尽管那天的阳光很好，天空如海水洗过般碧蓝，但万木萧疏，心神也随之荒凉，荒得抬起步就觉得虚飘，凉得看一眼都感到惶。于是便不想再深入景区，怕冷酷的现实击碎了美好的梦境。

这次再来，不是为弥补曾经的遗憾，因为时节为夏令，正是花草繁盛绿意浓浓时，是秋色以外的别样风景。本来，看过了呼伦贝

大地脱俗

泛涌起明丽的金黄

尔大草原，再来坝上，我是担心会产生审美疲劳的。但妻子和女儿不曾来过，一定意义上说恰好在回程的路途边上，拐一下，停一日，顺理成章，也算多走了一处风景。

这个时节正值暑期的旅游旺季，大部分的宾馆房间都被预订，而且房价高企，没有讲价的余地。我们开着车询问了数家宾馆，要么无房，要么位置不是十分理想，最后落脚在了丁字路口一家私人开办的宾馆。

不难想象，宾馆院里院外都是车辆，而且几乎清一色的小轿车，看车牌大都来自北京。再看短街上，三三两两的路人，不是小夫妻就是一家三口，悠闲自得得如在自家附近的花园边散步，又像在居住的街道边购物。小饭店、小商铺的生意都被烘托得红火非凡。

太阳就要落山，晚霞布展着云锦，线线条条、丝丝缕缕的，飞翔般飘逸，把整个天空也灵动得仿佛在飘舞。晚霞浸染的草原漾满了清清洌洌的味，像没有掺水的酒。大地向晚霞俯首，金光拂过牧草，视野里跳动起漫坡遍地的星光。锦霞的杰作，纯洁而美丽。

山川秀美

塞罕塔

人、马、车、树、屋……所有的身影在草地的金色里伸展到无限长，眨眼又被汹涌漫卷的暗色覆没。

夜幕暗合，晚霞已被黄昏的词语卷走，留下不舍与沉默。黑暗倾泻的声音滚滚而来。凉爽的风从林地，从草原吹响，路上的车也归了位，空气突然清新得只想大口呼吸。正吃饭的游人怕吃了亏似的，纷纷把餐桌移到院里或路边，在明净的星空下举杯畅饮，于是街面上如乡村举办喜事一样热闹。

我们一家人身不由己，肚皮饿了，也去街上凑热闹。几步之跨，走到了尽头回身。煮花生，煮玉米，烤红薯，烤肉串，边走边买，边抚慰肠胃。女儿停在了一家小店门前，生气的面色染患了委屈。我顺着她的目光，看到小店门边的冷冻柜前立着一块百事可乐广告牌，周杰伦沉毅的目光在试图"突破渴望"，一只小黑猫正翻卷着舌头舔它挺秀的鼻尖。我知道那是女儿的偶像，打算转个身再笑，却听到一声猫的惨叫。

逗趣的小插曲，没有影响女儿的情绪，轻松欢畅的气氛不会被一只小黑猫的舌头席卷，更不会被那声疼痛的号叫惊骇。

不久，篝火燃起来了，歌声唱起来了，舞蹈动起来了，烟花在清朗的夜空欢快地绽放，热闹的气氛能把一身疲惫荡漾得尽数逃遁。久居城市的人，谁曾在街面上这样疯狂得忘乎所以？只有投身空旷的草原，本能的野性才无拘无束地激活释放。任情放荡的心跳甚至

幽深的山地

能让沉思的大地兴奋,吐纳的阵阵清凉刺激得人情绪更加高涨,惊愕得灿烂星空不时眨着眼睛,试图窥探清楚这一方土地上的人为何如此豪情四溢、狂喜奔放。

直至深夜,仍有几朵烟花在夜幕里开放,几缕歌声在凉风中飘荡,把酣梦里的路照亮、心唱笑。

一直生活在草原上的天籁,小心地躲向黎明逃进远山。

第二十二章 五彩山

早晨的天空晴得不大真实，昨日傍晚的零星雾气消失得毫无踪迹。一直指望谷地林间飘浮的悬雾已成奢想，大地的碧绿与天空的湛蓝在遥远的山脊上连成一体，朦朦胧胧若有若无，闪现薄如蝉翼的蜃气。远坡的树林一丛连着一丛，若隐若现，犹醒未醒。

很短的时间，各个宾馆饭店院落里的车辆消失殆尽。往各个旅游景点的岔路上连缀起不息的车流。

西北方向的景点相对集中。走不多远，一座红柱绿脊的五角亭在斑驳的草地边翼然。停车近看，亭额书有"熙水亭"三字，旁边塑立一块粗拙俗陋的水泥墩，上写红色大字"熙水泉"。再向外延十余米，竖有一人多高的天然石块，上刻"辽河源第一泉"。

原来是辽河的一个源头。亭子中央砌石，将泉水围住，却看不出泉水涌动的迹痕，也没观察到泉水流溢的出口，如一口不涌不枯的水井。而周遭的环境更不待见。丢弃的石块，甚至一个巨大水泥浇筑的水管，在被无数双脚踩踏的退化的草地里异常扎眼，极不和谐。泉水周边不远，即是呈三角形的三条柏油路面，夯实的路基不知还能让泉眼生存多久。或许有一天，这里只剩一座废亭、一口枯泉，不远处仍然还算草深水丰的地方，可能会再建一座辽河源的碑亭，只是不知道，到时候辽河的长度会不会缩短了数十米。

人类一直在有意无意地改变着一切，有时自豪，有时悲怆。大脑指挥了改变,手脚实施着改变,似乎呼吸也在起作用。嘈杂的人声、沓杂的脚步潮水样汹涌,每个身体都携带了复杂遥远的激素,隐秘了太多的荼毒,即便生长出蘑菇,也五彩斑斓地潜滋着妖孽。沙化了草原,枯竭了泉水,缩短了河流,疏落了森林……原始天然越来越多地被图片祭奠。

班禅行宫

避暑山庄

普宁寺

　　距此不远的路边，一座堆砌得十分周正的敖包，从中间的柱子上扯向四面八方的铁丝上挂满彩绸，犹如举办重大活动时精心布置的场景。这就是百草敖包。没有探究它的来历，但六七层的高度彰显人工刻意的修筑，而且时间不会久远，但愿它的前身有着激动人心的故事，抑或将来发生的故事激动人心。

　　自此往前的几处最聚集人气的景点，大都渲染了人工雕饰的遗痕，尤其是过度密集的车辆和游人，将纯粹宁静的草原闹腾得过于沸热。所谓的影视基地、野鸭湖和将军泡子，一队接一队的骑马者，一辆连一辆的越野车，把茂盛的草场践踏碾压得黄土飞扬，望过去仿佛正在拍摄大转移、大迁徙的影视画面，站在旁边观看都觉得可怜了那片草场和草场深处的美景，刚才还想深入进去感受身临其境的心态顿时颓丧。游客太多，自驾车太多，出租的越野车太多，载

客的马匹太多,更严重的是这些太多又相对集中,脆弱的草原怎能承受这般反复的蹂躏折磨?

略略静一会儿,分明能听到大地隐隐的痛苦呻吟。

如果把视线从这几个点移开,布展在眼前的是一片起伏连绵、碧绿连天的纯美草原。尽管远处的山脊之上起了一层淡淡的雾霭,

小布达拉宫

在普宁寺远望磬锤峰

把大地之上的天空模糊得一派灰蒙,但牧草的油绿弱化了天空的灰蒙,反而让漫坡的骏马和牛羊映幻出本真的色彩。牧草不深,顶部举一层淡雅的黄花,散散淡淡的,装饰如毯的绿草。往北的坡地,纯纯净净的一色矮草,最高的坡顶上都有骏马的身影。看来这片草场是牲畜的最爱。往南的坡地,茁壮的绿草地远端,间或立几棵孤立的树,再往上就有了一丛或连片的树林,视野之内层叠出丰富的植被。

我们没有去人多如蚁、车马扬沙的影视基地和将军泡子,掉转车头,右拐驶上草原里的土路,朝北沟、红松湖和五彩山

光影的美丽

方向而去。

　　车子在宽展的半坡上行走,越野车碾压的车辙很深,行速快一点儿便是漫天扬尘,沿途的草稞上落一层灰蒙。坡谷极宽,没膝的牧草旺盛出满目的绿,有丛生的野花点缀,黄的、紫的、粉红的,甚至咖啡色的,大多碎小,形成不了气势。许多墩状的草稞,举一头碎白的小花,突兀在绿茵的草地上,异常养眼。树渐渐多起来,一棵,数棵,然后成片,连成遮天蔽日的树林。路途上就曾穿过一片不大不小的白桦林,不少自驾者停车大呼小叫地奔进去拍照。而在我们看来,多少觉得有点莫名其妙。见识过呼伦贝尔的大片白

辽河源第一泉

桦林，这样的小规模已提不起兴致，感觉未免平淡甚至无味，但对于初识者而言，激动当是情理之事。

转过一个坡，视野更觉开阔。骑马的、步行的、驾车的，散落在深草间，如一场不曾预约的捉迷藏游戏，愉悦的欢叫荡漾在绿油油的空气里。这样的自然环境，汽车是多余的，甚至是大煞风景的。随意地走动，深情地呼吸，把自己完全交给大自然，心身放松再放松，哪怕躺在草地上无所事事地呆望天空，听身边的风吹草叶声，听树枝间的鸟鸣声，听邻近的游客嬉笑声，听远处滚滚而来的天籁声，闭上眼睛，就如做梦。

不管翻过几个坡，拐过几个弯，像在山里又不似山里，像在丘陵又不是丘陵，就是坡，一个一个的坡，要视野有视野，要景致有景致，要多稀奇有多稀奇。多少人曾在梦境里遇到，那份宁静、那份美，不感激也感叹。

当地的旅游宣传资料上将这一段的风景概括为欧式风光区，就像不少国人喜欢把一些有水系的城市号称为"东方威尼斯"，抑或有些海滨城市将美丽的沙滩景观誉为"东方夏威夷"。之所以这样，总体说来是底气不足、名气不响，因而泊来洋名作比拟，用以提高吸引力，这种做法可以理解，或曰无可厚非。但遍观这些借洋名呈祥之地，大都有自己独特的风韵，甚或说不次于不劣于恐怕一些方面还要优于拿来作比的洋风景，至少具有的独一无二特性是东方文明的伟大结晶。

比如，这一段从影视基地、北沟到红松湖、五彩山的草原，舒缓的坡地，丰茂的绿草，突兀的墩状草灌，散淡的圆冠树木，挺立峻拔的白桦林，水草茁壮的湖泊湿地，相互交融映衬，彼此渲染烘托，恢宏大气，步步皆景。夏日的满目碧绿，仲秋的漫野五彩，哪是别处能够比拟的。地势与景物的和谐构图恰到好处，色彩与季节的平实交替恍如梦幻，如此仙境样的美景不可能永久藏在深闺人不识，我倒担心的是蜂拥而至的游人损伤了她的面容玷污了她的清白。

一处岗坡停满了车，坡下的水沼集满了人。云天落在了水里，树影落在了水里，只有草生长在水里。倒影、镜子、实景糅合一处，像清扬的童声合唱悠悠长长般诗情画意。如果没有车痕人迹，这里该是水鸟的天堂吧！热闹了，不仅是宁静的坟墓，也是浪漫的死敌。

我往坡顶走，幻想翻过去的惊喜和清静。风拂面而来，裸露了大地丰腴的身子。阳光尽职尽责，梳妆打扮着光影的美丽。没有清静和惊喜，坡那边还是车队、人群。坡的那边的那边也好不了多少。

牧草油绿葳蕤，尚有露珠吊挂在草叶上酣睡，她们昨夜几时爬上草叶的，无人知晓。氛围太吵杂太喧嚷，我只好把脚步放轻，不想惊扰了露珠的好梦。她应该有好梦吧！

只有一棵树染了数片黄叶，勾引得我忍不住幻念她斑斓的秋色。是呀，秋风的妙手何时才来抚摸？人就这么奇怪，眼前拥有的虽不厌倦，但仍渴望别样的更精彩。那些疏落的圆冠树，届时该是怎样的五彩缤纷。那些骏马和牛羊呢，还有缭绕的炊烟，更少不了清晨的悬雾和朝霞。夕阳西下时，又会呈现怎样撩人心魂的风景。

索性坐下来，拂一把翠绿的草，大自然的音韵顿时在身边流淌。心静了，能听到自己的灵魂在跟山野一起吟唱。一个人一生，能有几回可以坐在草原山野倾听时光的流淌？有一次便是幸运，仿佛在用神的方式感受人生。

妻子和女儿在草坡上拍照，欢喜得忘乎所以。一不小，心妻子崴了脚，疼痛得歪倒在地抱脚皱眉。草原行一路顺利，最后一站出事，难道是用另类方式告诫我们适可而止？不能怠慢，必须尽快往县城赶。

原路返回，过红山军马场往南，驶过界河吐力根河，等于告别了草原，进入林密谷深的山地。由于之前没有做攻略，手头缺乏地图，塞罕坝主要景点的分布方位朦朦胧胧，加上刚才过界河时又被收取景区门票，心情的确不大痛快，方向感便乱了。过界河不远，见不少自驾车拐向左侧的方向，指示牌上写着神龙潭风景区，于是不假思索跟了去。

　　车子完全在林地间穿行，偶尔一片林间草地，被周围茂密的林木挤压得过于逼仄，如受了气的小女人，煞是惹人爱怜。绕过几个弯，下柏油路再走一段砂石路，眼前的山谷里闪出一块水面。有船，临高远眺，如城市的公园，在空气清新的自然里休闲。假如不划船，不去登高，这一处的景点看一眼足矣。

　　上车回头，柏油路通左右，闹不清景点方位，索性拐向右，纯粹凭感觉。几年来四处游览，从来都是精心设计路线，像这样盲目闯撞，确实很少。这次是完全绕过了主要景点所在的路线，七星湖、月亮湖、百花坡、塞罕塔等，都在相反的方向。不仅如此，这条路还远了十五公里，直到棋盘山镇才相交为一条路直抵围场县城。唯一的好处是，这条路上车辆极少，九十余公里的路途上遇到的车辆超不过十辆。坏处是，村庄多，而且不少村庄附近的公路被挖出深坑，不仅放不开速度，而且时常要小心通过，避免不必要的危险。

　　汽车在山谷沟壑里穿行，曲折盘绕，到棋盘山镇才显宽松。一垄垄、一片片的庄稼替换了草地和山林，土豆、玉米、大豆、向日葵……争先恐后伸腰仰颈，铺展出另一类绿色田园。车辆猛然增多，一辆紧接一辆，想超车很困难。大多是小轿车，双向都拥挤。恰值周末，从北京方向来的度假者比回程的多。北京人真幸福，半天的路程就可享受世界级的草原风光。

　　路边连绵的水果摊，西瓜、甜瓜、香瓜、桃、梨、杏、苹果……一堆堆、一箱箱、一筐筐、一篮篮，色香诱人。堵了车也不急，正好可以停车选购瓜果，既新鲜又解暑，一路旅行又多了别样的风味。

　　更多的是农家餐馆，裸在路边的，掩在树林的，生意想不到的红火，立的招牌无不打出"农"与"土"的幌子。农家菜，农家饭，土鸡，土鸡蛋……淳朴得野味十足，颇能调动城里人的胃口，勾引得一辆辆自驾车纷纷熄火，农家的媳妇姑娘兴高采烈地把一车车客人迎进屋里院里。尤其是县城附近和途中的庙宫水库前后，农家餐馆特别集中。走在这条连接繁华城市和静谧草原的公路上，餐饮根本不成问题。

我们在围场县城边的一家餐馆解决了午餐，没有进城区，继续往承德赶。

下午四时许，我们到达了旅游名城"紫塞明珠"承德。到达承德，便走出了草原。即将走进的，是一段曾经辉煌的历史。

还得去草原，一次不够，两次也不够，至少秋色烂漫时，还得走一次，哪怕再走几次呢，也不会嫌多。

每个瞬间都是风景

附录一：内蒙古大草原自驾行程

第一天，北京至锡林浩特（620公里，车程一天）。北京经张家口到张北，全程高速公路，应严格按限速行驶。张北后的207国道路况很好，一色的柏油路面。沿途可见居庸关长城，越官厅水库。张家口之后视野渐渐开阔，进入广袤的草原地貌。公路两边有很多人工景点，不必拐进去。草原风景，路上最美，尤其是锡林河蜿蜒，塑造出壮观而柔婉的大美风景。只可惜部分路段两边的草原有沙化迹象，令人叹惋。夜宿锡林浩特。

第二天，锡林浩特至东乌珠穆沁旗（270公里，车程半天）。全程黑色柏油路面，路况很好。今天路程不太长，可游览市内的贝子庙，感受一下草原城市里遗留的民俗风情。然后去享有"百鸟乐园"美誉的达里诺尔湖。此湖号称锡林郭勒草原的一颗明珠，位居内蒙古第二大内陆湖，我国第三大天鹅湖。然后回程去往东乌珠穆沁，一路起伏空旷，大草原风貌一览无余。夜宿东乌珠穆沁。

注：如果不想去呼和诺尔湖，精力又好的话，也可以一天抵达东乌珠穆沁。

第三天，东乌珠穆沁旗至阿尔山（440公里，车程一天）。先沿省道101往东走约60公里，在宝格拉苏木左拐进入省道303。路幅突然变窄且有一段路况欠佳，砂石为基，但一路草深景美。大部分路段没有人烟，纯粹的天然草原。基本紧邻国境东行，运气好可以看到野生动物。植被先是一色平阔的草原，全国保存最为完好的大面积的原始生态草原。而后进入山地森林，野花伴路，山峻坡秀，变幻醉目。夜宿阿尔山。

第四天，阿尔山至天池镇（70公里，车程一小时余）。柏油路，旅游车居多。阿尔山景点较为集中，很值得停留一天慢慢欣赏。市内有温泉、老火车站、五里泉等，也可去中蒙边界的坎贝尔口岸游览。天池景区是古火山喷发后的自然遗存，有号称国内第三大天池的阿尔山天池，有石塘林、三潭峡、杜鹃湖、松叶湖、鹿鸣湖、金江沟温泉等名气大景色美的景点。夜宿天池镇，也可回阿尔山。

第五天，阿尔山（天池镇）至满洲里（480公里，车程一天）。全程柏油路面，路况较好。出城不远路过玫瑰峰，继续前行，地貌从山地、坡地过渡到平坦无际的草原，色彩纷呈，景色奇绝。路上可去呼伦贝尔地区最大的喇嘛庙甘珠尔庙参观，感受连接贝尔湖和呼伦湖的乌尔逊河清澈宁静的温柔。贝尔湖位于中蒙边界，但呼伦湖恰在去往满洲里的路边。去号称金海岸的湖边站一站，感受呼伦湖的浩渺辽阔，如果时间宽余，也可再往前走走，去看湖边的成吉思汗拴马桩。满洲里一定要去国门景区，套娃广场也可一睹。好好体验异国风情，品尝俄罗斯风味餐饮，欣赏俄罗斯歌舞。可以停留一天，出境去俄罗斯边境小城贝加尔斯克参观。夜宿满洲里。

第六天，满洲里至室韦（470公里，车程一天）。满洲里到呼伦贝尔（海拉尔）180公里全程高速，路边有个呼和诺尔景点，可近观。从东旗到西旗再到满洲里而后海拉尔，这片广大的区域是典型的呼伦贝尔大草原，沿途尽可感受纯朴的草原风貌。从海拉尔朝北拐入201省道，草原、田园、林地交替，交织变幻无限风光。最美的风景在路上，这一段路最能体验到。路经额尔古纳市，一定要去城边的号称"亚洲第一湿地"的根河湿地，那是一种激荡灵魂的美。路上的白桦林也可一停，感应别样的美。今天的目的地可选恩河、室韦和临江屯，都具有边境风光与俄罗斯风情，但也各有特色。晚宿恩河、室韦或临江屯。

在室韦游览后，很值得去莫尔道嘎森林公园，路程89公里。作为国内最大的森林公园之一，莫尔道嘎的红豆坡、偃松幽径、一目九岭、翠谷流云、林海听涛、九曲松风以及美人湖，都是撼人心魄、润人心田的美景。

第七天，室韦至阿尔山（590公里，车程一天）。大部分是回程路，过海拉尔后朝南走省道202线，路况良好。快到海拉尔时，可拐进人造景点金帐汗部落游览，观莫日格勒河营造的"天下第一曲水"盛景。海拉尔市可参观位于市区北郊的侵华日军要塞遗址（如今被称为"世界反法西斯战争海拉尔纪念园"）。过海拉尔后，又是纯粹的天然草原，路上可拐去红花尔基森林公园，徜徉面积位居全国第一、是亚洲之首的原始樟子松林，感受神奇的七眼矿泉。夜宿阿尔山市。

这一天也可从海拉尔市东拐去往牙克石，第二天经扎兰屯去往乌兰浩特，全程540公里。

第八天，阿尔山至乌兰浩特（280公里，车程半天）。全程柏油路，但要穿越大兴安岭山区，注意行车安全。上午可去松贝尔口岸参观，欣赏国门风光和世界级生物多样性自然风景。下午动身去乌兰浩特，沿途有白狼地下兵营以及五岔沟要塞和飞机场等战争遗迹。乌兰浩特原名"王爷庙"，1947年东北解放后在这里成立了全国第一个少数民族自治政府——内蒙古自治区人民政府，改名乌兰浩特，蒙古语意为"红色城市"。市内罕山之巅建有融汉、蒙、藏三个民族建筑风格于一体的成吉思汗庙，是世界上唯一一座纪念成吉思汗的祠庙。夜宿乌兰浩特。

第九天，乌兰浩特至乌兰布统红山军马场（670公里，车程一天）。内蒙古东西大通道路宽车少，相当于准高速公路，过克什克腾旗不远有条左拐的柏油路，路幅变窄但总体路况不错。途经科尔沁草原，但沿途地貌变幻很大，草原、林地、农田、山地、河谷……因而景色也随地貌的变化呈现不同的精彩，最后走进起伏的坝上草原。晚上可享受纯净的星空，观看篝火晚会、焰火燃放、民族歌舞。夜宿红山军马场。

第十天，乌兰布统至承德（230公里，车程半天）。乌兰布统和塞罕坝紧邻却由于地属两省区，分别收门票，真是让人无奈甚至愤怒，中国特色的圈地为景进而收费的典型。其实两地景色近乎雷同，最美是秋季，坝上秋色堪称一绝。乌兰布统景点主要有将军泡子、五彩山、辽河源、公主湖、红松湖、影视外景地和欧式风光带。塞罕坝景点主要有七星湖、月亮湖、塞罕塔、滦河源、白桦林等。夜宿承德。

第十一天，乌兰布统至承德（230公里，车程半天）。乌兰布统和塞罕坝紧邻却由于地属两个省区，分别收门票，真是让人无奈甚至愤怒，中国特色的圈地为景进而收费的典型。其实两地景色近乎雷同，最美是秋季，坝上秋色堪称一绝。乌兰布统景点主要有将军泡子、五彩山、辽河源、公主湖、红松湖、影视外景地和欧式风光带。塞罕坝景点主要有七星湖、月亮湖、塞罕塔、滦河源、白桦林等。夜宿承德。

附录二：自驾内蒙古大草原必要装备

1、**车辆配备**。从北京到最远的临江屯，基本都是良好的柏油路，只有个别路段是砂石路基，因而一般小车都能胜任，当然行前一定要全面检查车况，保证车子处于良好状态。

2、**车辆备件**。备胎、车载灭火器、打气泵、千斤顶、扳手、钳子、多功用螺丝刀、绝缘胶布、手套、快速补胎剂、细铁丝（爆管时可作暂时处置用）、坚固的牵引绳、备用油桶、水桶、工兵铲等，这些不一定用得上，但出门最好准备着，有备无患。

3、**证件**。身份证、驾驶证、行车证必备，有导游证、教师证、学生证、军官证、记者证等等也带上，一些景点可以省很多门票钱。

4、**地图和导航**。地图必备，越详细越好，同时备好重要联络电话、救援电话和报警电话号码、记事本和笔。行前最好拟定一份比较精确的行程攻略。GPS 导航设备在进城和出城时用处最大。

5、**救急药品**。准备一个急救包是十分必要的。感冒类、肠胃类、跌打损伤类常用药，根据各人需要选定，但防蚊虫药一定要带，草原上蚊子、苍蝇都很招人烦。如果去莫尔道嘎森林公园，女士最好备好防蝇面罩。

6、**摄影器材**。一路风光无限，一定要携带好相机，单反是必需的，傻瓜机也可以适当使用。如果手机像素高，可替代傻瓜相机。因为开车，一定要带上三脚架。

7、**通讯器材**。手机必备，电池和充电器必备，最好备移动充电器。如果组成车队，每个车上最好配备一台对讲机。

8、**墨镜和遮阳帽**。草原辽阔无垠，阳光强烈，风也凌厉，需要墨镜和遮阳帽护眼、防晒、挡风。

9、**洗漱用品**。根据个人需要准备，但女士一定要准备防晒霜和唇膏，草原日光强、风大、干燥，风景虽好，皮肤也很重要。

10、**食品和饮水**。有时一整天行驶在广袤的草原上，见不到一个城镇，中午饭要考虑充分。备好糕点、水果，休息时补充体力（巧克力很好，葡萄糖可备一袋）。路上如有西瓜摊，顺便装一两个。保温杯必不可少。

11、**野营装备**。帐篷、睡袋、防潮垫、头灯和手电等。如果想感受草原的纯粹夜色，适当的野营装备也可放车内一套。帐篷大小根据人的多少定，睡袋和防潮垫薄厚根据季节定。头灯和手电野营时都很有用。而且一定要注意野营时的安全与环境维护。如果没有野营计划，此项设备可全免。

12、**拖鞋或凉鞋**。坐在车上时利于脚的放松，晚上休息时用自己的也卫生。

13、**炉头、气罐、炊具、餐具**。想在野外吃点热东西的，可考虑。备盒火柴。

最后还应准备：雨伞（用处不必说）、多功能刀具（用处很多，至少可以切削瓜果）、保鲜袋和塑料袋（用于装食品和收集垃圾）、车用晾衣架（未干衣物的家）、音乐光盘（音乐也解乏，多带点可轮换），当然还有个人卫生用品。钱是必备的，但现金不宜多，最好是现金与卡都带在身上，分开保存。

附录三：内蒙古大草原自驾路线示意图